U0938266

浮城 1.2.3

西西小說新析

何福仁　編

匯智出版

目錄

關於西西

序

一般來說，選集只是權宜，還是閱讀作者一本本完整的書為妙。但當何福仁告訴我編選這本書的構思，我覺得很有意思，因為有一個主題貫串，可以獨立成為整體，好像賦予舊作一個閱讀的新角度，於是就有了編選的理由。於是，舊作品也好像有了新的生命。

至於他分析的文章，我就不便言說了，讓讀者自行判斷吧。

西西

前言

1991 年我替三聯編過一本《西西卷》，卷分內外兩部分，內篇選收西西的創作，包括小說（短篇）、詩、散文，以至閱讀、藝評等等，外篇選收西西的資料，另外收輯若干學者、作家對西西的評述、討論。我自信當時那種編法比較完備。這之後西西創作不輟，又寫出好幾本書。這次我編西西的小說，對象指定為年輕讀者，規模較小，且需按照要求，寫一些賞析，我於是想與其漫無題旨，不如限定一個範圍，試試勾勒西西創作其中一個特色。

什麼範圍呢？我試把時間推前，推到回歸之前，從西西回歸前的短篇創作，看她如何抒寫中港兩地的種種變化，如何思考中港兩地互動的關係。回歸前的二、三十年，對中國內地和香港，都是很重要的歷史時期，文學應該有所表現。

西西寫作逾四十年，作品各類型都有，單計算短篇小說，至今至少發表了八十四個。我把西西這類相關背景、取材的短篇挑出來，重新順序地編排（因為小說發表先後未必和結集出版的次序相同），大概可以看到她的作品其實一直緊貼中港時局的轉變、中英談判的九七問題、港人的身份討論，等等：

篇目	寫作日期	出處	背景、取材
奧林匹斯	1979年8月	像我這樣的一個女子	文革結束，中國重新開放
北水	1979年12月	像我這樣的一個女子	中國重新開放
龍骨	1980年3月	像我這樣的一個女子	中國重新開放
春望	1980年9月	春望/白髮阿娥及其他	中港重新溝通
玻璃鞋	1980年10月	像我這樣的一個女子	九七年限
四十八隻腳	1981年2月	家族日誌	中國開放、通婚問題
魚之雕塑	1981年6月	像我這樣的一個女子	文革武鬥浮屍
十字勳章	1981年11月	像我這樣的一個女子	偷渡、駐港僱傭兵
鎮咒	1984年10月	鬍子有臉	九七問題（中英聯合聲明）
浮城誌異	1986年4月	手卷	九七問題 （基本法結構草案）
瑪麗個案	1986年10月	手卷	中英談判、身份問題 （基本法結構草案）
肥土鎮灰闌記	1986年12月	手卷	中英談判、身份問題 （基本法結構草案）
虎地	1987年2月	手卷	船民問題
陳大文的秋天	1987年12月	母魚	身份轉換
白髮阿娥與皇帝	1997年	白髮阿娥及其他	主權轉移

這些短篇，是當下的抒寫，因應時勢，針對不同的個案，隨時隨事而作，細緻、具體，富於臨即感，每一篇都有獨立的內容意蘊，獨立完成、自足。就回應時勢來說，這是短篇的優勢；這和長篇的寫法不同，那是通盤的考量和構建，另有長處，論緊貼與臨即，終究不及短篇。

而且，尤為難能可貴的是，每篇的寫法都不同，因應內容，運用各種不同的技巧，或擬人，或借古，或出諸寓言象徵，或輾轉拼貼，時而互換角度，從對面設想；表述的策略，跟表述的內容，互相應答，彼此生發，其創造力之高，令人歎為觀止。合起來看，則歷史時空之下的心路歷程，大抵呈現出來了。要注意的是，對現實的關注，小說家的態度並非居高臨下，而是本乎老百姓的一種民胞物與之心，其中離合悲歡，也是老百姓的離合悲歡，體現的是一種人文關懷，這方面，跟其他長篇之作《我城》、《哨鹿》、《候鳥》、《飛氈》等，其實是貫徹互通的。這些短篇，未嘗不可以讀成一個長篇。

當然，她寫的不是歷史，不是社會學，而是通過小說的形式，把特殊的社會問題，轉化成藝術。所以，即使對歷史並無特別興趣的讀者，並不妨礙閱讀；而小說虛擬的世界，往往要比真實的歷史記述動人得多。環視香港的文學創作，能當下呈現回歸前這許多年的變化，計質和量，當無出其右。如果年輕人要學寫小說，最好先從閱讀小說去學習；西西的作品，啟示我們，處理現實的題材，可以充滿新奇、充滿想像。

這樣說，也許有人會想到所謂現實主義（realism）的路數。我不想學究那樣糾纏在現實主義的分辨裏。現實主義最初的提出，是針對當年的浪漫主義，從別林斯基（V. G. Belinsky）、盧卡契（Lukács G.），以至恩格斯（F. Engels）等人的典型論，逐漸發展了一套完整的理論，也能夠舉出許多偉大的作品，出自俄國十九世紀的小說家、法國的巴爾扎克（H. de Balzac）等人。但進入二十世紀以後，它逐漸失去生命力，尤其是當它跟黨性結合，往往淪為政治的硬銷。事實上，我們不能想像現在的人，會像巴爾扎克那樣寫社會現實，因為那種寫法已變得不現實。現在的小說家要面對攝影、電影，各種新媒體的挑戰。

其次，二十世紀以後，現代主義興起，之後又有所謂後現代主義，形形色色，不一而足，加上歐洲的新小說、拉丁美洲作家魔幻現實主義、結構寫實等等，產生了另外許多傑出的作品。這許多成功的作品，我們都可以借鑑，不可能視而不見。換言之，範式轉移了，要抒寫現實，絕對不是只有一種手法。

再進一步，六、七十年前布魯克斯（C. Brooks）和沃倫（R. P. Warren）講小說鑑賞時認定小說必須有的基本要素，如人物、情節，也都不管用，這些都可以淡化，文類的樊籬被打破、跨越，則小說的主角/主題，可以是時間，可以是空間，可以是其他。這些，追溯起來，變動之源來自科學、哲學、心理學，以至政治種種發展，二十世紀的人對世界的理解，顯然不同於十九世紀的古人，即以二十世紀前後期來看，變化之大，已足令人咋舌。過去的歷史，是漸變；近世，則是劇變。理解（包括不大理解）不同，表述的方式自然有別。

在閱讀本書之前，對於年輕讀者，似有必要簡略地回顧一下香港在回歸之前中港兩地的歷史。1949 年新中國成立，由於意識形態有別，兩地可以説各自發展，尤其當內地發生文革（1966-1976 年），那十年基本上更是音訊阻斷。中港兩地關係開始轉變，始自 1976 年文革結束，七十年代後期內地開放。中港重新溝通，香港人開始大量北訪，或旅遊，或探親，內地生活受開放衝擊，發生變化，門戶逐一打開。兩地的變化，是互動的，彼此作用。然後 1982 年，英相戴卓爾夫人訪華，中英展開九七問題的談判，香港人面對身份認同、兩地關係的重新釐定。1984 年，中英發表聯合聲明；1986 年，通過基本法結構草案。這是讀西西回歸前短篇的大概背景。

限於篇幅，本書只選了其中十篇，主要來自《西西卷》，另加兩篇〈陳大文的秋天〉（選自《母魚》）及〈白髮阿娥與皇帝〉（選自《白髮阿娥及其他》），每篇小説之後寫一點個人的讀法，就當是編者個人的閱讀報告；有的很短，有的，也約略三千字，點到即止。我必須強調，這些分析，仍然謹守文學的位置，而非歷史學，更不是社會學。然後再附列若干延伸閱讀，希望對讀者有所助益。

九七之後，有一段時期西西轉向古典的重新解讀，寫出《故事裏的故事》一書，一個作家可以有也應該有各種不同的面貌，她對現實的關懷，仍然可見於《白髮阿娥及其他》的其他部分。

何福仁

2007 年 12 月

奥林匹斯

慶的木頭飯桌子上從來沒有堆放過這麼多的雜物。慶的意思是：他的木頭飯桌子上，從沒有展現得如此紛亂、繁碎過。他的木頭飯桌子並不算小，可以圍着它環坐十個人一起用膳，又可以由得他在上面攤放整幅的地圖，但這次，他把他的飯桌佈置成一座肅穆的手術台；整個下午，慶挪移了大部分的時光，把有關的物事自各個不同的隱蔽角落發掘出來，在那段時光內他原可以完成其他的工作，譬如：研究一幅分省地圖內部公路網的起點、終點及分站；設計一份開拓旅程的新藍圖；研聽一課西洋語文對話的錄音帶。捨棄了這些，慶才在木頭飯桌子上把一片新顏展出。他在桌面上陳列了鑲上橡膠栓塞的吸管、抹玻璃的花紋黯淡的紙頁、小號的螺旋鑽、放大鏡、剪刀、一角錢的硬幣、磁石、牙籤、廢膠卷，等等；而木頭飯桌子的正前方，仰臥着慶的名叫奧林匹斯的攝影機。

慶和奧林匹斯的結識並沒有一段如同浪漫劇所陳述的故事，但也不是一件「到攝影器材市場去仔細辨選然後付款攜帶回家」的循例事。數年前的那個夏，慶在他的一位於旅行社謀生的朋友極力推薦下，參加了他們主辦的遊覽團，出發到一個頗大的島嶼去遠足。慶並沒有攝影的工具，他在島上作長時間的觀察，藉以狩獵以備記憶的，是憑他自己的眼睛；他的行囊也僅僅是一個盛載運動衣衫的提袋，就彷彿他平日到港內的沙灘去海浴。慶在島上度過七天，在遊歷過那些燕群穴居的懸崖和瀕海的奇岩後，眾人都忙於收拾歸航的衣箱，只有慶忽然聽到島的山谷裏響起異族的歌聲遙遙朝他召喚，他知道島的另一邊還有明麗的海港，並且，像他在一冊指南中所遇見的：星空非常希臘的海岸。慶就在一面喝着牛奶木瓜汁時一面迷迷醉醉地自白，要獨自留下來，並且把一疊等值的錢幣換取了鄰座正在吃西瓜的旅人的攝影機。這就是奧林匹斯的來歷。至於奧林匹斯的出生和家世，他的遺傳情況和健康狀態，因為慶和他的主人並不相熟，別後亦不關心彼此的去向，終於無從稽考了。

第一次和奧林匹斯攜手，是當慶把他挽在臂側；慶當時能夠感到他軀體的重量：他顯然有一副並不輕脆的骨骼，同時，慶也看到奧林匹斯是個衣著樸素、態度謙卑的傢伙，因此甚是高興。當時，奧林匹斯的主人也曾把他的脾性向慶約略提點，頗稱讚他是忠誠、頭腦清晰、眼光敏銳、個性開朗的朋友；這些，在稍後的日子中果然一一獲得證實。慶所攝得的物象景色，都能達到層次分明、焦距準確的地步，他所需求的小城的寫實和生民的動態，奧林匹斯也都能恰當地捕捉，使慶在度過一次愉快的假期後，還可重臨那些凝定的地方：慶記得在阿眉族的豐年祭宴上，穿着傳統花衣、身披珠串垂纓彩羽的酋長，提着木桶，用竹節滿盛米酒，傳遞給在場的每一位來賓；舞蹈的弧圈內發出「噯海噯哎喲」的歌聲，投入的群體相互牽着手，踩踏節拍。族長的次子，是一名剛從都城大學回來參加盛典戴近視眼鏡的瘦削青年；在南方澳，慶記錄了彩繪漁船的樣貌，沿岸的小店鋪掛着海產的貝殼，製成標本的河豚懸在簷前，震發着滿身堅硬的鱗甲，睜着綠眼珠，堤上蹲着灰布衣衫的漁民，在修補漁網，旁邊鋪曬了一地橘紅的蝦。然後在三地門，慶登上一座又一座山，進入排灣族的民居，他們的門楣上不再鑲嵌蛇神的臉面，他們的雙腳已經穿上普通的鞋子，敞張的門扉背後露出一座瓷白的冰箱；還有一個叫做布袋鎮的小港，載貨的火車卡從鹽田間緩緩滑行遠去了，在涼風裏，一群年輕的女孩在岸邊剖蠔。

從海島回來以後，慶轉向北行，深入內陸，跋涉於大河的兩岸，輾轉經過更多的城鎮。在那段日子裏，慶被河山的豪邁氣概震懾了，當他漸次甦醒，才發覺奧林匹斯已經染上病。奧林匹斯是一點一點地發病的，慶在燈色昏黯的旅舍中把他細心診視，看見他眼睛的瞳孔擴大了，視線模糊不清。奧林匹斯並且開始喜愛自言自語，不時抬頭仰望天空的星雲。在旅程中，他不斷搜索那些莊嚴華麗的大景，並且刻意探測許多驃驍的名字。在火車上、在飯館的大堂，他側耳傾聽人們的談話，努力記下名勝古蹟的歷史。當別人偶然翻動一冊圖刊，他急忙斜過眼去專注各類城樓的姿態。一日，他忽然自稱他已經是唐代的詩人，並且，他的祖先竟是戰國的遊俠。他的存在變得游離，視覺翻白，他不再看見慶所看見的事物。

當他們踏步在開封的街道上，慶看見兩旁破落陰暗的房舍，窄狹的門前垂着黃舊的竹簾，有人坐在門口的小凳上捧着陶鉢喝稀飯。許多屋頂上的覆瓦已經碎裂，木的欄柵腐朽，白髮的老婦揹着小木箱，沿途叫賣冰棒，河邊有人在污水中洗滌白衣。慶對奧林匹斯道：奧林匹斯，這城裏的人原是我的兄弟，今天我來到這裏，我看見了我兄弟生活的樣子，我親眼看見，我於是知道。但奧林匹斯顯然沒有聽見慶的話，他的眼睛盯在相國寺的門樓上，他問慶：我們要不要去證溯「清明上河圖」的那條汴河？

慶的視線並沒有集中在泰山頂的崖刻上，他也不特別仰看松樹和雲橋，他坐在十八盤的曲道旁，觀看鑿石的人們批割石塊，是他們，在烈日下鋪設登山的階梯；慶在路邊喘息的時刻，目送肩挑籮擔的行人，他們也流汗，但他們踏着穩健的步伐，一步一步走到前面去了。慶在每一處茶水站憩休，坐在樹下捧着大碗。挑着菜的、擔着泥的，都走過去了。他經過矮小的磚屋，看見一頭黑山羊站在屋後，肥壯的雞隻四下啄食。到了五棵松樹的平台，慶走進一間幽黑的小店中購買乾糧，一名婦人自塵封的角落無聲地出現。門外是婦人的孩子，赤着足，衣服的色澤和泥地的灰土混成一片，手中提着一隻爪耙，追逐一頭黑豬。慶在這個地方的石凳上坐息良久，他忽然回想起這次漫長的旅程，步過他熟悉但卻陌生的市邑，在他的眼前，寬廣的大地展示了民生的內容。慶對奧林匹斯說：奧林匹斯，你也看見我的兄弟了嗎？他們都是樸實、勞苦的一群，以前我只是聽見傳說，如今我親自看見。但奧林匹斯看不見，他問慶：七點鐘以前，我們能到達南天門嗎？霧將升起，我們將看不見群山了呀。

木頭飯桌子的這一邊是幾疊半尺高的照相，慶把每一幅都經過覽閱，但那些景物並不是慶關心的重點。相片上面有優美的遠景、取角精湛的特寫，山光水色與崢嶸的名字；泰山上的雲彩、蜿蜒的長城、建築物的尖塔與飛簷，彷彿一疊風景明信片。慶問奧林匹斯：奧林匹斯，人呢，人呢？黃河邊穿着花布裙微笑的兒童呢，伊闕山上登高的攀山行伍呢？但奧林匹斯說：我給你攝了黃河哩，你看，黃河之水天上來，你且看這滔滔的江流；我又給你攝了龍門的觀音，你看，觀音的衣飾多華美，觀音的衣服和如來是不一樣的哩，所以，觀音是觀音，如來是如來。奧林匹斯問慶：我們下一次是不是要到另外一片大陸去？我知道，我們會到巴塞隆那去，到阿維儂去。我們一定還會到希臘去，是不是？哦，希臘有一座山，叫奧林匹克。

慶把面前的風景相片移掃一邊，坐在木頭飯桌子的這一端，他早已把雙手洗擦乾淨，現在，他要做一件重要的事：替奧林匹斯動一次外科手術，慶看得見奧林匹斯的腦裏長了一個瘤，他必須把這個瘤割除。

1979 年 8 月

（選自《像我這樣的一個女子》）

「這城裏的人原是我的兄弟」

——〈奧林匹斯〉賞析

首先，我們看的是〈奧林匹斯〉。

七十年代後期，中國內地經歷文革之後，剛剛重新開放。

一面是內地重新開放，面對世界；另一面，是香港的我們如何重新認識中國，重新審視兩者的關係。西西選了一個很獨特的角色：奧林匹斯。奧林匹斯是一部攝影機的名字。這小說寫於1979年，這時期，照相機尚未數碼化，一般非專業的拍友，喜歡用自動照相機，港人稱之為「傻瓜機」，此機雖傻，但輕巧靈便，不需什麼攝影技術，可以自動攝影，彷彿自己懂得觀看。

對大部分的香港人來說，對祖國的認識，主要來自文字，加上其他媒介的觀看，並沒有親歷的體驗——對我來說就是這樣，好比一個照相機，帶着好奇、探索、印證的眼光，必須調校觀看的角度。所謂調校觀看的角度，調校的其實是心眼、態度。

小說開始時，主人翁慶在木頭飯桌上修理這個攝影機，因為他生了病。他是慶在台灣旅行時跟人換回來的。作者把攝影機擬人化，說他是「眼光敏鋭、個性開朗的朋友」，他會和新朋友慶説話，會反問；他好像自備一套觀看的內容、看法。他有一套習見。

他們一起北上，深入內陸，在旅行中發現彼此的分歧。

因為奧林匹斯專注的是名山大川、名勝古蹟；他的技術性能良好，問題在他的心態：他是獵奇的遊客，對生活在其中的人視而不見，並不關心。相反，對慶來說，黃河、泰山，當然要看，但那不是慶最關心的東西：

> 相片上面有優美的遠景、取角精湛的特寫，山光水色與崢嶸的名字；泰山上的雲彩、蜿蜒的長城、建築物的尖塔與飛簷，彷彿一疊風景明信片。慶問奧林匹斯：奧林匹斯，人呢，人呢？

慶這種「人」的發現是有過程的，他初始同樣被河山的豪邁震懾，然後逐漸甦醒，作者寫：「當他們踏步在開封的街道上，……慶對奧林匹斯道：奧林匹斯，這城裏的人原是我的兄弟，」他強調：「今天我來到這裏，我看到了我兄弟生活的樣子，我親眼看見，我於是知道。」

這種兄弟之情的真正體認，是從觀看、調校心態後甦醒的，以往只有書本上理性的知識，浮泛，沒有掛搭，雖然知道，但不能感受到。如今是知性和感性互相結合、彼此印證。

這旅程其實也是身份追尋的旅程；他的發現，其實是發現他自己。攝影機真會說話，會反詰嗎？這毋寧是慶的心和眼的對話、反省。

旅程之初，去的是台灣對岸，然後是中國大陸，這是七十年代大多數港人的旅行經驗，因為在這之前，大陸還沒有開放。我們在香港長大，到了內地，那是更大的衝擊，心身震懾，想到彼此的關係，想到自己的身份。這種發現也是互相作用的。

不過彼此的對話，身份的追尋，這還是開始。「這城裏的人原是我的兄弟」，慶這樣說，這很重要，這是基本的立場、態度，是一種同儕，平起平坐的視覺。

概括而言，這小説有如下的特點：一、既反映現實，呈現人文的關懷；二、用一種同儕，平起平坐的視覺；三、慶這人物有心理的變化，作者寫出這變化的過程；四、選了一個微妙、有趣的角度切入：攝影機；又切合內容意蘊。

此外，小說寫得具體細緻，有些地方，抒寫得很優美，值得仔細咀嚼，例如第六段。

這篇小説，如今看來，可以成為西西開始抒寫兩地交流的濫觴，彷彿一個長篇小說的序曲。旅程於是開始了。

北水

北水把木頭車推進屋裏，按照平日的模樣，把它停靠在門背後的牆旁邊，他非常小心地泊擺車子，免得即使輕輕一碰，泥牆上的粉灰又會刷刷地掉下來。門背後的這幅牆，經過了年月的歷史，已經剝落了不少的牆粉，露出好幾層斷磚的骨骼，下雨的時候，一直有水隱隱地滲透進來。

北水把車子移妥了，又扶正幾把橫歪了的掃帚，才走過去把門關上。今天的生意照舊不理想，一整天不過才賣掉了四把，各處的人家，誰個不能省就省點，一把掃帚，無有不是用到連稗子也用得一顆不剩才捨得作罷，到那時，用來生火燒飯也點燃不了一盞茶的時光。這些年頭，城裏的人還有買把掃帚使使的人家，城外可莫要提了，再有自家種起團草木的，長得夠圓壯時拔下來曬曬乾，壓扁了也就是掃帚了，還有折一段樹枝桿兒連葉帶杈的，也能掃地，誰個還挪出錢紙兒花花地買掃帚。

今個兒下午，胡北水比平日早了個時辰回到家裏來，他就是要趁日頭還沒有完全跑下山先趕回家來做一件要緊的事，這件事，近個把月來老像隻扁體蟲在他背脊上爬。近來，頭一件使他感到意外的是住在他家對門的林家蘭妞兒，上個禮拜居然穿了一條印上五彩花朵的褶裙子，她把花裙子穿到刺繡廠裏去了。據説，那天，多少的姑娘都把針線放慢了下來只顧瞧她的裙子。老實説，整個開封這十多年來從沒有一個姑娘穿花綠褶裙子過，誰不穿一條黑藍色的長褲子呢，蘭妞兒的花褶裙，北水在街上也瞧見了，叫大白太陽照着，真是花花映眼，比鐵塔公園的琉璃磚頭八角塔還要光亮。

「蘭妞兒，哪來這般搶閃的裙子？」

「我舅母娘寄回來的，還有花邊和花傘噢。」

在那個禮拜內，開封老城內相國寺大街上發生的另外一件事就更熱鬧了：剛過了年，城南禹王廟那邊的湖心路上可張掛了不少的花燈，不過，有一半看花燈的人都沒有看花燈，反而跑到相國寺大街來，擠進了汴梁水果店旁邊的黃吉兒家去。黃吉兒家的兄弟最近從海外回來探親，帶來了一座二十吋大的彩色電視機，電視機上正播映一場足球比賽，球員們穿着紅白間條子的、鮮黃色的球衣，連球場上的一條條草幾乎也看得清清楚楚，大家都看見了。

「那些草，可比河岸邊的草還要綠。」

「踢足球的人，頭髮就像女娃子般地長哪。」

看過電視的人都議論紛紛。第二天在河邊還有人說起這件事，如果不是要省儉電力，黃吉兒的家，怕不變作一間電影館了。

北水並沒有到黃吉兒家去看過電視，不過，他推着掃帚在街上經過時，老是聽見來往的人講起電視機、花裙子；還有，人們還談起高牛那小伙子，卻是由他的親戚寄來了一個計算機，帶到了火柴盒廠去計算出貨的數目，比算盤還要計算得快。高牛小伙子北水是認識的，他爹還是北水小把戲時候下河爬泥的同伴，所以，當高牛從火柴盒廠放工出來經過舊城的城門回家時，北水就把他叫住了。

「阿牛。」

「喔，北水伯，您好。」

「阿牛，聽說你有個什麼數目字機可是？」

「哎，是呀，叫計算機。」

「可以計算的麼？」

「可以，當然可以。」

「不是算盤？」

「不，比算盤還要快噢。」

「給北水伯看看行不行？」

「怎麼不行。」

高牛從胸前的衣袋內把這小寶貝仔細取出來，小心地褪下包裹的膠皮匣袋，亮出小巧四方形的滿是數目字的計算機，他按了一些滴滴答答的小按鈕，機面上亮了一盞沒有燈泡可見的紅燈。

「您要不要做什麼加數，北水伯？」

「做加數？替我算？好好，掃帚三毛錢一把，二十八把，是多少錢？」

「您看着噢。」

高牛用指頭在計算機上跳，按了好幾個圓鈕，機上就有一串紅色的數目字在上端的四方框框內亮起來了。

「看，是八塊四。」

北水把手指頭屈了兩隻，又用大拇指點點算算，把中指、食指都點了個遍。

「哎，果然是八塊四。這個機好快。」

高牛又替北水做了好幾條計算，並且把計算機反轉身，扳開背後的暗格子，倒出兩管筆芯電池。

「把電池這樣放好，就可以計算了。」

北水伸手摸了一下計算機，覺得它真薄，又真輕，模樣小得像一幀從前小時候玩的香煙畫片兒。高牛把計算機的燈熄了，小心放進膠套內，袋在胸前的口袋，還拍拍袋口。北水卻摸了摸自己的頭，他覺得自己的頭也重也拙。

大概是去年開始的吧，北水也記不清確實的月份了，日子是暖洋洋的，他記得那一天他正推着自家的木頭手推車，在相國寺大街上緩緩地走，迎面嘟嘟地冒出一輛亮燦燦的大汽車。那汽車，身子是荷葉綠色，車身上的鋼條銀光晶晶地閃耀，比起來，那些運牛的貨車就灰臉得不像車了。這麼搶眼的大汽車，北水還是第一次見到，它像一頭巨大的象，把街道幾乎全塞滿了。這汽車，對着北水響着喇叭，吧拉吧拉直喊，北水只好把手推木頭兩輪車一直朝外面推移，直到貼着牆，才讓開了路。汽車在北水的耳朵邊掠過去了，車子的窗口伸出了無數奇怪的臉，這些臉朝北水看，北水也朝這些臉看，但車子移動得快，臉忽然都遠了，車子吧拉吧拉，在相國寺不遠轉了個彎，駛進一堆古色古香的有飛簷和琉璃瓦的建築物叢裏去了。

這件事，是開封當年的一件大熱鬧事，而且，過了不多久，相國寺大街上突然出現了一群奇異的外地人，所有附近的人，都拋下工作跑到街上來瞧熱鬧，那麼窄的街道都站滿了人，好像一條河的兩邊種滿了許多樹，看熱鬧的人裏邊倒有一大半是小孩，全緊緊跟着奇怪的來客。外地人大約一共是二十七、八個人的樣子，有男有女，衣裳都是花彩的，紅呀綠呀，還有薄衣料，穿洞洞的。男人穿的襯衫上也有花，褲腳管很闊，比起北水的褲腳管，起碼要寬一倍；最叫北水覺得奇怪的是：那些男子的頭髮都很長，髮腳吊在頸項上，而且，還電燙過，起初，這群長頭髮穿花衣裳的男人，北水還以為他們是姑娘哪；至於那些姑娘，就更花巧了，穿的衣衫才特別，又沒有鈕釦，又沒有領子，好像穿了一隻襪子在身上，緊緊地裹着身體，項上露出一大截白粉頸，整個人就是說不盡地豔彩玲瓏。

這般樣的一群人，開封城哪曾見過呢，所以，那一陣子，賣冰棍的也沒有人去買冰棍了，賣茶的攤子上也沒有人坐着喝茶了，無論幹啥子的人無有不是呼招其他的人一起來看的，就看他們每個人都揹着一個照相機，在街上咔嚓咔嚓經過。有一個人對着黃吉兒家屋頂上瓦片堆裏長出來的一蓬亂草拍了個照，又有人對矮房子門前架着的竹簾照了一個相，還有一個人，對着北水舉起了照相機，北水急忙低下頭，把眼睛看着自己腳下露出了腳趾頭的膠鞋。

大夥兒都不知道他們是什麼地方的人，他們看來和本地人差不多，也都是黑頭髮、黑眼珠子；很久以前，也有別的外地人到過開封來，他們卻都是藍眼珠、黃頭髮，也有紅頭髮，不過，這次相國寺大街上的不像是西洋人，大夥兒就跟着他們，聽他們說些什麼話。

「這個就是相國寺啊！」外地人說。

「是不是在這裏倒拔垂楊柳呀？」外地人問。

「哎，他們也知道倒拔垂楊柳的哩。」本地人說。

「他們講的是普通話哩。」本地人又說。

外來人總是從相國寺門口走到舊城的城門，折回來就回到賓館去。他們並不常常自己走出來，通常，他們都乘着那輛荷葉綠色的大汽車，去一個早晨，中午回來；下午三點鐘出去，晚上又回來；晚上還到戲院去看戲。北水沒有去看過戲，不過，他聽見去看過戲的人這麼說：整個戲院的人呵看見他們入場時呵都一起站起來拍手歡迎，他們呵坐在大堂正中，又有戲看又有冰棍吃，散場時呵大家也站起來拍手歡送讓他們離開了才走。北水雖然沒有到戲院裏拍手，但是，他卻在大街上和他們揮手作別過，當那綠車那麼慢慢地在相國寺大街上開出去，外地人把手伸出車外來揮着，每個人也都朝他們揮，北水也揮，這情況，開封城的人是沒有一個在場的人不記得的。

關於外地人的行蹤，一直有人做詳細的報告：這個下午，他們到龍亭去了，還去看了地下糧倉；這個上午，他們到空氣分離廠去了，又去了看書法展覽，等等。那次到開封來的外地人不過是一個開始，後來，就一直有人來了，起初還是三批兩批，漸漸地，幾乎每天滿街都是外地人。車子多了，喇叭老是響，賣茶的小攤子不再擺在汴梁水果店門前了，相國寺門前停着的數以百計的腳踏車也都沒影蹤了，北水的手推車，也只好老是停在舊城牆洞外的河邊了。因為外地人越來越普遍，再也沒有人拋下工作到大街上來看，他們在戲院裏看戲，大家也不再拍手歡迎，不拍手送別，他們的車子駛進來駛出去，人們高興就揮揮手，不高興也就作罷。開封的人民回復了以前的生活方式：工作、走路、吃飯。外地人卻依然是充滿一臉的新鮮表情，到處舉起照相機，拍十字路口的交通警崗、舊城的破爛城牆、河上的小艇和洗衣婦，以及樹旁息着的一頭毛驢。

外地人常去遊覽的地方總是相國寺、鐵塔公園、禹王廟、河，這些地方，北水都很熟悉，他從小就在這個古城中長大，他的爺爺也在城裏長大，爺爺的爺爺的爺爺也在這地方長大，北水小時候常常跟着爺爺到河邊去，又常常聽爺爺講故事。爺爺說：小北子，那時候，你的一個老爹爹，可是跟過闖王闖天下，不過闖到黃河決了堤，洪水把我們開封府全淹了，死了好多人。北水的爺爺給北水講過許多故事，什麼包青天、什麼花和尚，爺爺還有一本《水滸傳》留給北水，那部書，紙頁都起了黃點子，書皮也沒有了，下冊也不見了，現在仍放在一隻漆皮箱子底下。漆皮箱子跟着北水也不知過了多少年，在這些年月中，北水的爺爺沒有了，其他的親人離的離，死的死，也無從稽考了，這些人，都曾經在開封長大、生活、散失、亡佚，彷彿有另外一條決了堤的黃河，把一切沖走了。只有北水，奇異地活下來，也許，還有他的一個出嫁遠方的姊姊，也許她還活着。

陽光從窗外投進來，照在窗前的木桌上。北水從桌上的茶壺裏倒了一碗冷水喝了一口，把碗擱在桌面。趁着日光，他走到桌旁的床邊，爬到床尾，挪開了一包綑紮在一處的衣衫及被褥，拖出一個灰色的破漆皮箱子，用手掃了掃箱邊緣的灰塵，也沒有擰轉一把銅鎖，不過一掀就把箱蓋翻開了。他把鋪在箱面上的一些衣物取出來放在床上，那些都是他穿舊了的冬日的衣衫，有棉襖、絨帽、棉褲，都已經殘破不堪了，棉襖的邊緣還翻出了白絮，絨帽也蛀了許多蟲洞。他伸手到箱底摸索了一遍，在一個角落上找出一冊脱頁的書本，用大拇指捺住書側颼颼地翻動，他翻了兩次，才在書中心找到一幀一片黃葉色的硬頁紙，他取出紙，放下書，看了一陣乃從床上爬下來。

他走到桌子前面，坐在板凳的一端，在明亮的光線中再把硬頁紙仔細看看，他必須把紙放遠一些才可以看清楚紙中心的幾個模糊的人影，那幾個人影，其中一個高個子長着鬍子的正是他的爺爺，真奇怪，爺爺的臉是什麼樣子的，北水居然記不清晰了，紙頁中的爺爺的臉也只剩下一個朦朧的輪廓，眼睛、鼻子、嘴巴，都不能組合成一個印象，但爺爺講故事的神態，北水卻記得非常清楚，爺爺每次講到一個人物，就眉毛也晃動起來，眼神亮閃了，背脊骨挺直了。他會説：那個九紋龍史進，頭戴一字巾，身披朱紅甲，上穿青錦襖，下著抹綠靴，腰繫皮搭膊，前後鐵掩心，一張弓，一壺箭，手裏拿一把三尖兩刃四竅八環刀，騎一匹火炭赤馬……真是七彩的人物哪。北水彷彿又看見爺爺坐在屋子門前的竹椅子上了。

站在爺爺右邊的小孩子正是北水自己，那時候，他倒整整齊齊地穿了雙布鞋，要不是為了拍這張照片，北水哪會穿鞋，他每天老赤了腳在山上跑，有空閒耍子了就找黃吉兒他爹以及一群小伙子到河裏去游水挖泥巴。照片裏的北水不但鞋子穿了個整齊，連衣服也整齊地扣上了釦子，北水仔細數着：一顆、兩顆、三顆、四顆、五顆，那件布襖，一共有五顆釦子，居然還可以一顆一顆數出來。但是，綠花姊的那件布衫上面的釦子可數不着了，甚至綠花姊整個人的模樣也隱約地從紙面上浮不上來了，這相片經過了這麼多年，顏色都褪掉了，紙的斑黃和相片中的景物都溶化在一起，北水雖然把硬紙伸到窗前最光亮的地方去，也只能看見綠花姊像在風中飄飄蕩蕩的一個影子，也許，在真實的世界裏，綠花姊也成為風中的一個影子了吧。

和記憶中的爺爺一般，綠花姊的臉模糊了，但她童年時的聲音和笑貌依然一紋不變，北水記得爺爺曾經帶他們一起去看鐵塔，天氣暖洋洋的日子，把臉貼在琉璃磚上好像整個頭浸在河裏一樣。琉璃磚上有許多花紋，綠花姊最喜歡畫花的磚，北水倒沒有什麼偏愛，他總喜歡沿着樓梯轉到塔頂去，第一次爬上去，才知道塔頂是密封的，不能走出來團團轉，不免有點失望，但稍後就慣了，仍要一口氣爬上去。那時候，他和綠花姊都只有四塊琉璃磚那麼高，現在北水可要彎下身子才能夠走進塔底的拱門。他有時候仍會經過鐵塔，但是爬上塔頂去的興致已經一點也沒有了。北水有多少年沒有見過綠花姊？他實在沒有計算過，大約是二十多年了吧，自從一個遠房的親戚把她帶到外面去，這些年來，北水只收過她一封信，然後就沒有了消息，並不是綠花姊沒有了消息，而是，所有離開了開封的人都沒有了消息，包括蘭妞兒的舅母娘，黃吉兒家的兄弟和高牛的親戚。然而，忽然地，離開了開封的人又漸漸地一個一個在遠方明朗起來，好像從沙漠裏走來一隊真的旅人和駱駝。或者，綠花姊，也是其中一個，是騎着真的駱駝從沙漠裏將會出現的北水的姊姊。

北水從上衣的口袋中摸出兩張摺着的紙來，攤開了；在衣袋中他又掏出了一枝他昨天向高牛借的圓珠筆。窗外的陽光依然很亮，但白日不久就會西沉，胡北水趁着這剩餘的光線，匆匆朝窗框望了一眼，低下頭來，在紙上寫着：親愛的綠花姊……

1979 年 12 月

（選自《像我這樣的一個女子》）

開始解凍

——〈北水〉賞析

接着〈奧林匹斯〉，1979年同一年底，西西寫〈北水〉。她把視角轉換，從對面設想，主客易位，從內裏寫出來，通過開封的一位叫北水的農夫，寫內地的變化。北水、開封，不是充滿喻意麼？細心的讀者會發覺，〈北水〉的故事在開封，當慶告訴奧林匹斯：「這城裏的人原是我的兄弟」，他們也是在開封。〈春望〉的親戚也是在鄭州；〈肥土鎮灰闌記〉裏包拯辦案的地方同樣在開封。

如今北水兩字，在香港報章的經濟版上，不斷出現，成為大小股民的企望。二十八年前，西西用這個名字，完全不是這個意思。對當年的北水來說，他生活的地方忽然起了變化，鄰家少女開始穿上花裙子、某某的兄弟從海外回來探親，帶回彩色電視機，打開了外面的訊息，最神奇的是計算機，只按幾下，就什麼都算出來。然後是汽車、外賓，——看來是移居外地的華人，這是七十年代底，中國內地開始開放政策。這小說在這個時候發表，反映了文革以後的轉變。起初，對外來人大家都好奇，漸漸也就不以為意，習慣了。

人之常情，因為扭曲的政治運動，反而變得矯情。

更深刻的轉變是，連久已離去的親朋戚友也「明朗起來」，久已隔絕的親情，久已壓抑的人情，復活了，北水開始執筆寫信，跟親人聯繫起來。

這才是真正的解凍。

小說在節制裏有溫厚，仔細玩味，有一種春回大地的暖意。作者寫「但白日不久就會西沉」，說「白日」，而不說「夕陽」(初唐人寫「白日依山盡」，晚唐人才說「夕陽無限好」)。如果掌握得不好，或者會變成涼薄的諷刺，成為物質先進者對落後者的訕笑，又或者變得濫情，成為物質先進者對落後者的憐憫。

延伸閱讀

1 西西：〈龍骨〉(《像我這樣的一個女子》，洪範書店)

〈龍骨〉可說是北水的姊妹篇。小說通過第三身全知觀點敘述，但筆調抒情，時而融入主人翁鄔有田的眼界；鄔有田，名字頗富意味。他在磚場幹活，運磚。但勞動者不能享受勞動的成果，哪些磚，都跑到哪裏去？

做磚人自己住破房子，「住在王家裕的王狗子、小莊的阿根，他們的房子也好不了多少，這些年，小屯的人住的房子都破了爛了，反而那些個生鏽的飯鍋、水盆，倒住了一所又堅固又結實的房子，不但牆上刷了粉，窗框上還有光閃閃的玻璃片兒。」

這房子是博物館，地點在小屯。他並不了解甲骨文的價值，不過是些龜片、獸骨罷了。再進一步，「(小屯的)玉米愈長愈多，大伙兒的口糧反而愈派愈少了。」甚至一日三餐也不足。

小屯，是商代甲骨文出土的一個地方；我們都知道清末王懿榮龍骨的故事。這小說，是民生和文物產生矛盾的思考。常態的情況，兩者是並存，而且互惠，並沒有衝突。這在歐洲就是這樣，以西班牙的畢爾包為例，本來是一個平凡乏趣的工業城，卻因為蓋了一座由建築名師法蘭・蓋里（Frank Gehry）設計的博物館，名揚國際，吸引大量遊客。但在經濟落後的地方，政治運動不斷，罔顧人民的生活，矛盾就出來了。樸實，以至沒有機會受教育的農民，不會了解文物真正的價值，在他們的眼中，能夠賣錢餬口的就有用，否則，就是廢鐵爛盆。他們沒有錯，錯的是生活困難，沒有機會受教育罷了；錯在扭曲的時勢。這小說，呈現一種人文的關懷。

對照如今的情況，一般都會知道文物不單不是廢鐵爛盆，反而可以賣錢。過猶不及，文物變得商品化，走向另一極端。當然，對某些我們熟悉的地方來說，文物遺產可以賣錢，但賣得太少了，總不及變成地產商的發展項目，可以發大財。

2 西西：〈四十八隻腳〉（《家族日誌》，洪範書店）

開放之初，內地居民需外匯券才能買到電視機、錄音機等等。這小說寫內地開始受物質衝擊，經濟君臨，結果連婚姻也要講這樣那樣的物質配合，具體地說，就是男家要具備有腳的家具，「四十八隻腳」是上個世紀八十年代初香港流行的口頭禪。中港兩地再通音問，而且通婚，不少港男開始往內地娶妻。這小說像素描那樣，反映了社會變化的小插曲。

人情物化，令人沮喪；兩地溝通，更進一步的婚姻竟建立在「四十八隻腳」上，令人悲哀。但對物質的追求，豈會滿足？這些有腳的、會走路的物質馬上就會被更貴重的物質取代，這些物質沒有腳，因為根本再不用走路。能夠提供這些物質的男人，也變得合理化起來，和女子「青梅竹馬」。

春望

「阿明真的很胖嗎？」陳老太太削青蘿蔔皮，數蜜棗，切紅蘿蔔片，解凍牛肉，打開一個紙包的南北杏。

「簡直有三個你那麼胖，和從前的模樣都不像了。」美華替換雙疊床的床單、枕套，掀起桌布，扔進洗衣機；拆下抽油扇的風翼浸入清潔劑。

「婷婷和她一起來？」陳老太太燒開水，沖茶，抓一小撮米漏入長脊瓶注水搖撞。

「我一抵達賓館就打電話過去，輾轉了十多分鐘才聽見明姨的聲音，她說立刻來，就和婷婷一起趕來了。」美華柔按一團舊報紙磨窗玻璃、亮鏡面；掃地、拖地、上光蠟水，把屋內的全部六把座椅四腳朝天擱在桌面和床鋪上。

「你上次說，他們母女兩個人從家裏一直走路來，沒有乘搭公共汽車。」陳老太太搓碗布，揩糖壺、鹽缽、醬酒瓶子；使勁用鋼絲擦鍋底。

「車很擠，明姨又不習慣騎自行車，況且，她的眼睛不大好。」美華把碎布條穿入鐵閘的花飾柵欄格拖拉，把縫紉機油滴在門軌上，手持噴霧罐追殺蟑螂。

「足足走了一個多鐘頭呀。」陳老太太把焦黃的隔夜香白蘭倒進垃圾桶，伸手按捏碟底的螞蟻。

「天氣很熱，又是正午，當時的氣溫，怕有三十八度，明姨和婷婷兩個人都滿頭汗。我正在飯堂裏吃飯，賓館的服務員進來叫：有人找陳美華。我丟下碗筷搶出門外，只見大門口並肩站着兩名女子，年輕的女孩穿碎花布裙，梳小辮子；中年婦人穿白濛濛的襯衫、黑布長褲、膠涼鞋，直頭髮掛在耳朵邊，和賓館裏的服務員十分相似，我呆了呆，終於喊：是明姨嗎？」

「是明姨嗎？」

「是不是美華？」

「我是美華，我是美華。」

「果然是美華哪。」

「你真的是明姨。」

「我們每天就盼你來。」

「差不多認不得你了。」

「一直等你的電話。」

「仔細看看，輪廓還辨認得出。」

「終於等到你來了。」

「真想不到。」

「還能見面。」

「起初。還以為不過分別一年半載。」

「忽然許多年就過去了。」

「整整二十四年了。」

「是二十四年麼？」

「二十四年了。」

「那時候，你還沒有結婚。我記得，有一個陌生大男孩每天來給你補習功課，我們一群搗蛋小鬼就在門外唱小調。」

「現在，我女兒婷婷也進中學了。婷婷，快叫表姐。美華，她就是婷婷。」

「相片裏那麼小小的，原來長得比我還高。」

「也是這半年忽然長高的。」

「像她爸爸吧，也是一個高個子。」

「你怎麼這般瘦，該多吃點才好。」

「多吃點？不，不，還是瘦點好。」

「瘦有什麼好，又不是沒飯吃。」

「我們那裏的人啊，都喜歡瘦，不喜歡胖。」

「不喜歡胖？為什麼呀，倒是頭一回聽到。」

「媽媽叫我問你們大家好。」

「媽媽可好？」

「好。不過，年紀大了，衰老了。」

「算起來，她今年六十七了。」

「她是 1910 年的人哪。她常常說，她出生那年，還是宣統當皇帝，第二年就革命了。」

「我們大家都老了。」

「你才一點也不老，挺健康的。」

「已經不行了，整個人都是毛病。」

「你的精神不錯嘛，走起路來，比我還清爽。」

「我們鄉下人，走慣的。家輝好？」

「好。」

「家寶好？」

「好。」

「你嫂嫂、姪兒他們好？」

「都好。姨丈好？」

「還好。他有暑期班，工作去了，所以沒能夠現在一起來。」

「他沒有來，沒有來過，還沒有來。」陳老太太放下電話聽筒，扯上西窗的半邊布幃，繼續把果醬塗在一片麵包上。

「是誰打電話來了？」美華嘴銜木夾，把衣物懸出晾衣繩，轉身洗擦坐廁、臉盆、瓷壁、地磚。

「是你大嫂，問你大哥來了沒有。」陳老太太手端一杯溫開水，服下三類形狀顏色相異的藥片；給鬧鐘上發條。

「大哥不是説過，今天下班也許不能立刻趕來，公司有點事。」美華撐起熨板，把挺直的衣裙掛在櫃前，抽掉一條漁線，引針縫鈕扣。

「我倒忘了。那麼，我們等不等他？」陳老太太把一塊濕肥皂反置，將牙膏筒的尾節上旋兩轉。

「我看，不用等了，遲了醫務所要休息的，我們可以自己叫車去。」美華應門，把一堆過期消閒雜誌塞進雙耳膠袋提出門外。「是阿寶回來了。」

「好熱，好熱。早知這麼熱，我就去游泳了。」家寶拉上鐵閘，打開冰箱，取出一罐汽水，拔蓋，站在風扇前面灌。「老媽，你吩咐我做的事，全部辦妥了。銀行和郵政局都是人，排隊也排了半天。」

「今天的匯率是多少？」陳老太太換過一件上衣，穿上密趾鞋，選一隻玳瑁髮夾把髮尾束起來。

「三十元零六毛四。明姨那裏寄一百，珍嬸那裏寄五十，九叔公那裏寄五十。計算機一個，郵費是三元，和上次一樣。」家寶牽過手提收音機，關上浴室的門。「差點又和郵局的人吵架，下次又要轉一間郵局了。」

「我要陪媽媽去看醫生。待會兒如果大哥打電話來，就說我們不等他了，遲了會塞車。」美華手握匙串，點數錢幣，檢視診症卡。

「要是你大哥來，告訴他鍋子裏有蘿蔔水，無論如何叫他喝一碗，你也要喝一碗。」陳老太太塞一瓶白花油進錢包，臂腕上搭一件毛線背心，在手絹兒角落蘸上一團花露水。

「喂喂，我這裏的口袋有一封信呀，是昨天收的，忘了拿出來。」杏仁洗頭水的氣味和一隻拿着信封一角的手一起從門縫冒出來。「記得把郵票留給我啊，兩個新郵票我都沒有。」

「是不是我的信？」陳老太太擰熄石油氣爐，用腳撥正廚房門口的地蓆。

「鄭州，金水路。是明姨來的信。」美華按電梯，在大廈詢問處繳管理費，匆匆瞥閱互助委員會的清潔通告。

「去買菜回來了吧。我呀，我是去看醫生。」陳老太太和小店鋪的老闆娘擦肩而過，閃避一頭癩皮狗，將一把裂了一片紙花小格的檀香扇子散張額前。

「明姨說，上個月寄去的生活費早收到了。謝謝你，因為工作忙，所以沒有立刻回信。」美華扶母親上計程車，掃撥座椅上一團縐紙巾，撕下信封的右上角，仔細收藏。

「大家姊妹，還謝什麼，這些年來，他們生活也很艱苦呀，我總不忍心他們一家人沒飯吃。」陳老太太打噴嚏，把背心圍披在肩背。

「明姨說，姨丈想要一個錄音機，學英文，最普通的那一種，一個揚聲器就可以了，不知道能不能寄。」美華按擦手臂，翻拉衣領，搖露一線玻璃窗縫。

「錄音機，郵政局才不受理，只能自己帶。我帶過一隻回鄉下，要打一百元稅呀。」的士司機按喇叭，里程錶跟着響。冷空氣緩和下來，喇叭又響，里程錶達達發聲。

「阿傑要錄音機？」的士駛下斜坡，突然一沉，陳老太太張大嘴巴，手按心臟。

「手錶，電視，我都帶過回去啦，最近鄉下有信來，說要造房子。」的士司機撥駕駛盤，車子飛上天橋，彷彿要駛進遠處的雲層。

「明姨說，他們最近換了宿舍，比以前寬闊一點，歡迎你去住住。」美華抹眼鏡，和母親步入白屋，掛號，坐在離冷風機最遠的板凳末端。

「阿明叫我去住？她可不比住在沙田、屯門哪。鄭州那麼遠，又是車又是船，我能去就好了。別說山高水遠的去處，就說我們樓下對面那個小公園，我走不了半條街就頭暈了。」陳老太太站在磅重機上，看見一幅胖嬰孩奶粉廣告，一段醫務所加價啟事。

「到公園去走走。呼吸一下新鮮空氣，對身體有益的，陳老太太。」護士微笑，放下毛織物，替一名小孩探熱，用藥棉裹抹溫度計，洗手，記錄。

「我呀，一見到人多就會眼花，又不習慣坐長途車。你看我今天好像個沒事人，其實，我十天裏有八天要攤在床上。天氣好，人就好些，天氣變，人可不對了，腿又軟，骨又疫，眼皮重；還有，平時聽見火警車，心就跳起來，這種病也不知道能不能好。」陳老太太瞪着面前的一塊「術齊華扁」的鏡匾，裏面反映着另一面「醫術湛深」的鏡匾，裏面反映着另一面「杏林聖手」的鏡匾，裏面反映着另一面「妙藥回春」的鏡匾，裏面反映着陳老太太滿頭的斑髮。

「明姨說，姊妹分別了這麼久，很是想念。」美華移正衣帶的蝴蝶結，變換坐姿，打呵欠，辨聲，站立。

「陳老太太，你的血壓還算正常，藥丸可以照舊繼續服用。晚上睡覺的那隻，如果失眠不嚴重，最好減為半粒。常常感到疲倦？最好做些簡單的運動，不要常常躺在床上。」醫生收摺儀器的管帶，提筆圈寫，接電話，徘徊推移一個紙鎮。

「林醫生，我想問一問，我這般的身子，可不可以出遠門？」陳老太太捲放衣袖，倚着板門。

「出門遠行？這一點，可以是可以的，不過，最好有一個人陪伴，沿途也有個照應，是不是？陳老太太，出國探親嗎？」醫生將病歷卡遞交護士，攤手示意新進入的病者坐下。

「我都近七十的人了，還能夠坐幾天幾夜的火車嗎？那麼，領什麼回港證、回鄉證又要自己去排隊等。人家說，到了深圳，查行李也要幾個鐘頭，還有火車站那裏，半夜三點就睡在街上。再說，坐飛機，我一生人最怕的就是坐飛機，這一切豈不都要了我這條老命。」陳老太太坐直身體深呼吸，搽白花油，閉目養神。

「明姨說，大姊年紀大了，長途跋涉大概不方便，她說，或者由她申請到香港來看你。」美華把藥水瓶、小藥包轉交左手，揮手截車，整理後跟的鞋帶。

「阿明說申請來看我？信上還說些什麼？是她自己來，還是一家人來？什麼時侯來？今年，明年，下半年？工作上走得開嗎？」陳老太太拉平大半扇窗，緊扶身旁的鐵欄，身體仍擺擺盪盪。

「信上只說，試試看申請，要批准了才能來。」美華避讓隔鄰靠過來的一個睡熟的頭，揮手驅散飄過來的煙灰。

「如果他們來，住在哪兒呢？我們家的地方這麼小，就算睡地板也擠不下。」陳老太太搖扇，抹汗，躲避陽光。

「只要住的問題解決了，其他的就容易辦了。」美華望着窗外猛烈的斜陽、狹窄的街道、濃密的樓宇、熙攘的人群。

「你大哥那裏的地方要比我們寬敞得多了，不過，你大嫂的性子，不要說讓阿明他們一家從沒見過的人去住，連我這做家姑的也嫌討厭哪，那次你去旅行，我不過去住了幾天，就聽見她每天無緣無故罵孩子。」陳老太太慌慌忙忙讓美華攙着走過斑馬線，停在路邊看了一眼一盆海棠，正想買份晚報。忽然滿街的玉米、凍椰汁、炸豆腐都浮動起來。

「明姨說，姨丈問候我們各人。」美華指指燒臘店的一隻油雞翅膀、一串燒排骨、香腸，接過紙袋。

「那次你見到明姨時，她身體也還健康，眼睛不好嗎？」陳老太太沿着翻開土的行人道走，一腳高一腳低，手按耳朵，皺着眉心。

「有一隻眼睛看東西不很清楚。」美華揮揮落在髮上肩上的水滴，抬頭看見一個攞噩的招牌。

「你見到她時，她非常高興的吧。」陳老太太再朝電梯內移進，四周擠滿了一百斤的大米袋，四加侖的火水罐。

「她說，看見我好像看見你一般。她說：你是愈長愈像你媽媽了。」

「你是愈長愈像你媽媽了。」

「她每天做些什麼？」

「常常頭痛、眼花、四肢痠軟。」

「人還是瘦，只有八十多磅。」

「已經胖一點了。」

「看看電視，長篇劇。」

「聽聽收音機，聽醫學常識之類。」

「整天躲在屋子裏。」

「沒有到外面去。」

「不肯去。」

「百貨公司有冷氣。怕冷氣。」

「茶樓的點心有豬油。怕豬油。」

「郊外路途遠。怕遠。」

「馬路上有太陽曬。怕太陽。」

「到朋友家去要見人，怕人。」

「西瓜，不敢吃，太寒涼了。」

「飯盒的飯咽不下，太硬了。」

「沒有打牌，很少。」

「看報紙，也很少。」

「不看戲。」

「越劇，不大有。」

「京劇，也不大有。」

「每個月去看一次醫生，檢查血壓。」

「牙齒不好。」

「耳朵會嗚嗚叫。」

「有時燉鮑魚湯喝喝。」

「沖葡萄糖喝喝。」

「吃點餅乾。」

「河南的紅棗很著名，帶一包回去。」

「沒有自己縫衣服了。」

「買現成的，小碼。」

「耳環，沒戴很久了。」

「聲音還很響亮。」

「芝蔴綠豆的事就很緊張。」

「一收到信就想立刻回。」

「喜歡寫信。」

「每天叫人看信箱。」

「你媽媽喜歡檀香扇子。」

「我們這裏買不到，不比上海。」

「這把還是我結婚時朋友送的。」

「可惜有一格紙花破了。」

「扇子可是一把好扇子。」

「不知道什麼時候才能見面啊。」

「也許，永遠也沒有再見面的一天了。」陳老太太推門踏步入室。換拖鞋，把手攜的一切放在樟木箱上。

「什麼沒有再見面的一天？」家輝放下調羹。「是怎麼一回事？」把碗擱在攤開的電視節目表上。「醫生那裏說了些什麼話？」把電視的音量轉弱。

「不關醫生的事，是國內明姨來信，說想來看看媽媽。」美華拔下門匙，洗臉，用橡皮圈束馬尾。

「你的那份測驗卷，最後的一段我替你打完了。」家寶褪下頭上的耳筒又套上，手打節拍，雙眼盯着床尾衣櫥側日曆裏一輛鮮黃色的機器腳踏車。「這次，準保一個錯字也沒有。」

「明姨他們要來？」家輝鬆領帶。「來探親？」雙肘擱椅背，搖動椅子。「能够來嗎？」交叉指節，把手伸到腦後。

「本來，我想請大姊回來相聚，姊妹們好敍敍闊別之情，但又想大姊年、年紀、(美華：年歲。) 年歲較大，又患高血壓，出門也許不便，那麼為了姊妹們相見，只有我來看望你們了。當然，我也考虎，(美華：考慮。) 考慮到可能有許多不便，首先申請出來是不、勿，(美華：不易。) 被批准的，為了姊妹情切，我現在也想提出申請試試看是否能批准。批准的時間也是說不定的，為了能和親人相見。我敢提出申請已是盡自己的心，心，心，心忌。(美華：這個字我也不清楚，好像是「意」，又好像是「思」。)」陳老太太亮光管，讀信，貼塊膏藥在太陽穴上，把風扇轉向牆。

「老媽，是明姨寄來的信吧。你回信給他們時就說，計算機今天已經寄出了。」家寶換唱片。「這一個是有百分率的。」抹唱針。爬上椅子，取下喇叭箱的軟海綿。

「家寶，那種教人學英文的機大概要多少錢？能不能叫郵政局寄去？」陳老太太斟茶，用匙背敲瓶子，喝雞精。

「什麼教英文的機？是不是錄音機？大約幾百塊錢吧，有的貴，有的便宜，種類很多。有的有一個喇叭，有的有七、八個喇叭。」家寶揭開鍋蓋拿一片蘿蔔，喝冷開水，含一個甜橄欖。「至於能不能寄，要去問一問才知道。」

「我那裏的地方是寬些，不過，你們大嫂的脾氣，你們是知道的。」家輝在水龍頭底下洗碗。「把腳擱在茶几上就要埋怨不雅觀。」把碗放進碗簍。「把茶杯擱在鋼琴頭又說是破壞了她的室內設計。」看錶。「明姨他們來探親，原則上我們非常歡迎。」

「我還是回信叫他們不要來，告訴他們，這裏的地方小，沒有地方接待他們。唉，就算有地方來，幾個人一起來，也得花費不少哪。還得有人陪他們出去逛，你們都有工作，我的身體又不好。就算我能到處走，也不曉得方向。」陳老太太把信壓在床褥下，把白花油、檀香扇子、錢包放回抽屜，自己給自己搥背。

「媽，何必這麼急呢。信可以遲幾天回，也不是一定沒有辦法。或者，可以安排他們住酒店，還有青年會什麼的。如果是暑假、寒假來，我也放假，可以陪他們。家寶的工作是分班制，說不定可以調配時間。」美華把抽屜底的刻寫板抽出來，分別找到針筆、尺，校對蠟紙，劃直線。

「媽年紀這麼大了，又沒有什麼親人在這裏。」家輝攤開一本畫報剪指甲。「姊妹們見見面也是好的，說不定，以後沒有什麼機會了。」洗撲克牌。「如今國內又開放，不比早幾年，想見面也難。」排七星同花陣。

「我們兄妹大夥兒一起湊一點錢，招呼他們一次也是應該的。」美華套上打字機蓋，扣鎖；翻開一疊作業簿，沒有批改又合上。

「我的車要餵老虎了。」家輝伸懶腰。「一切可以從長計議，橫豎他們又不是立刻就能來。」把領帶放進口袋，開門。「媽，我要回去了，還要去買飯盒。明姨的事，有什麼新發展，可以給我電話。」

「大哥，我和你一起走。經過旺角放下我好了，我去看運動鞋。」家寶取蘋果，在牛仔褲後袋擦兩下後啃咬。「媽，我順便替你去看錄音機。」

「回不回來吃晚飯啊？」陳老太太淘米，擺桌子，澆兩棵小盆栽，用油碟子盛薑葱。

「如果阿明他們來，可要煮一大鍋飯了。」

「能來嗎？」

「要是我的身體不是這樣衰弱就好了。」

「可以來的話，要不要辦入境證？」

「叫家寶去問一問。」

「真的能來嗎？」

「容易嗎？」

「會批准嗎？」

「青年會有地方住？」

「酒店一定很貴。」

「他們會來住多久？」

「一個禮拜，半個月？ 」

「阿明的眼睛，可以去看看林醫生。」

「也許要看眼科。」

「該帶他們到哪裏去逛？」

「山頂？」

「海洋公園？」

「乘渡海輪，地下鐵，隧道巴士。」

「要不要去看電影？」

「都是武打，大概不大好。」

「還有什麼裸體的，也不要去看。」

「還是不要看電影。」

「可以吃蛋糕。」

「婷婷最好吃蛋糕，還有雪糕。」

「各式各樣的雪糕，隨她選，胡桃呀，杏仁呀。」

「我還沒見過婷婷。」

「比美華長得還要高呀。」

「梳小辮子。」

「買個洋娃娃給婷婷。」

「婷婷不知道喜不喜運動鞋。」

「還有，請他們吃餛飩麵。」

「鄭州沒有廣東餛飩麵。」

「該從銀行提多少存款出來？」

「五百大概不够，不够就一千。」

「兩千也願意。」

「已經七十的人啦，錢留着又有什麼用。」

「阿明結婚時，我還沒送過禮。」

「那時候，消息都斷了呀。」

「阿傑倒不錯，是個好青年。」

「那時候，我叫阿明跟我來香港，她捨不得阿傑。」

「現在才補送結婚禮物？」

「送一個小小的金鎖片。」

「金子多少錢一兩？」

「太貴了。」

「如果不送金鎖片，送什麼？」

「檀香扇子？皮鞋？」

「還是金鎖片好。」

「真的能來嗎？」

「會不會忽然不准探親？」

「那個總理會不會有什麼……」

「聽說他已經七十多歲。」

「比我年紀還要大。」

「他的身體不知道好不好。」

「還到外國去哪。」

「抽很多的煙呀。」

「很多人寫信給他請他不要抽那麼多煙。」

「很多人都來探親了。」

「大概會批准的。」

「叫家輝開車到火車站去接。」

「叫家寶去幫忙搬行李。」

「叫美華要隔天買一隻雞。」

「每天和阿明一起吃飯。」

「早上吃麵包，塗牛油、乳酪，果醬。」

「吃粥也可以，及第粥。」

「請他們上茶樓。」

「帶他們遊新界。」

「阿萍可不要小看我的親戚，什麼室內設計。」

「阿傑的模樣雖然像個鄉巴佬，他可是清華大學的學生。」

「讓我明天就寫封信去。」

「要不要今天晚上寫？」

「吃完飯寫。」

「還是明天寫。」

「是的，明天寫，就說：歡迎你們到香港來。」

1980 年 9 月

(選自《春望》/《白髮阿娥及其他》)

家書抵萬金

——〈春望〉賞析

〈春望〉寫於1980年，國內開放之初，當年在文學藝術刊物《八方》上發表，1982年曾由素葉出版社出版短篇小說集，書名就叫《春望》，這書久已絕版，到了2006年，這小說才見收錄在洪範版的《白髮阿娥及其他》。這是白髮阿娥系列的第一篇。

〈春望〉之名，來自杜甫的同題名詩：

> 國破山河在，城春草木深；
> 感時花濺淚，恨別鳥驚心。
> 烽火連三月，家書抵萬金。
> 白頭搔更短，渾欲不勝簪。

詩寫的是唐天寶十四年後，國家破敗，親人流離；仇兆鰲所云：「憂亂傷春而作。」西西也用〈春望〉，但意涵有別，寫的是經歷無數政治變化、政治運動，尤其是文化大革命，親人流離阻隔之後，重新溝通，對春天充滿憧憬、盼望。杜甫的〈春望〉，是睹物傷懷，如果有所企望，那也是失落後的自解；西西的〈春望〉，反而還原本意。

「家書抵萬金」，詩人說；這小說全篇的主眼就是一封家書，來自內地鄭州的明姨，寫給香港的姊姊陳老太太，她們許久不見了，多久？二十四年。這是一個亂離阻隔之後，兩地親情再通音問的故事，其實沒有什麼特別的故事，小說寫的是親友間的常情，並不建立在特別戲劇性的情節上，是千萬小市民的寫照。

這封信，是明姨要來港探訪老姊。那還不是「自由行」的年代。

重新溝通，可也不是一路暢通的，因為分隔久了，就有了生活習慣上、審美上（兩地對肥瘦不同的看法），以至文化上的種種差異，此外也有一點「近親情怯」的掛慮。那封家書就頗富象徵意味，由陳老太太讀出來，有些字不好懂，要女兒美華更正她，可仍然有的，連美華也弄不清楚，為什麼呢？因為雖然同為漢字，寄自一個運用簡體的地方，來到一個沿用繁體的地方。倒過來，也是一樣。繁簡的對換，接觸多了，當然就不成問題了。

小說裏的人物不少，細心閱讀，不難分別，這裏簡列一下，方便大家：

香港	內地
陳老太太	明姨（陳老太太妹妹）
家輝（長子）、家寶（幼子）	阿傑（明姨丈夫）
美華（女兒，教師，與陳老太太同住）	婷婷（女兒）

這小說最了不起之處在它的寫法。這種寫法，近乎電影的鏡頭，電影的鏡頭是具體的，並不解釋，——如果有解釋，那是導演運用蒙太奇剪接的手法，喚起我們的意識。有的，只是人物的言行，只是場景。

這小說整篇通過人物的說話來呈現，說話之下，有時加一些說話者的動作描述；它也並不解釋。說話，包括對話、獨白，總是閒話家常；至於行動，也總是閒常家務、公務。此外是場景的變換：香港、內地鄭州；室內室外。

但其實分析起來，複雜得多。

一、說話：小說裏的說話有三種，寫法不同，作用有別，這是中國小說史上前所未見的例子。

（1）首先，開初美華到內地探訪明姨，在賓館裏見面，那是美華回到香港住家向母親的憶述。美華講明姨、婷婷如何如何，講着講着，場景就變換到賓館的現場去，馬上接到她和明姨的對話，這是電影的溶接：

> 「……(上略)，是明姨嗎？」
>
> 「是明姨嗎？」

連用兩次，前句是陳老太太和美華母女在香港的對話，鏡頭淡入，後句則是淡出，馬上轉變成美華和明姨在鄭州的對話。濃縮的不單止是空間，還有時間。

(2) 其次，另有一種對話，當小說發展至下半，那是美華和明姨的說話，但打破了一人一句的慣性序列，有的連說兩句，甚至連說二十多句；我在說話下面加上名字：

「她說，看見我好像看見你一般。她說：你是愈長愈像你媽媽了。」(美華)

「你是愈長愈像你媽媽了。」(明姨)

「她每天做些什麼？」(明姨)

「常常頭痛、眼花、四肢痠軟。」(美華)

「人還是瘦，只有八十多磅。」(美華)

……

眾聲複調，與其說是對話，我們毋寧聽到的是一些聲音，的確是「聽」。如果是電影的畫外音，或者電台的廣播劇，當然沒有辨別的困難，如今顛倒過來，倘要判斷說話者的身份，得從說話的內容入手。一般對話，在話語之後，如果沒有點明某某說，則從排列上辨別說話的人；從說話內容去識別，則是新嘗試。因為有上半部的鋪墊，這些話語，是前面說話的複述，並不難辨別；其實何必辨別，隔斷了的親緣，主客至此融合無間，再不分彼此。

(3) 還有一種說話，那是安排在收結的一大段，看似是對話，實則融入了陳老太太的主觀意識，那是這位老人家自己的沉吟，反覆思考如何接待親人的獨白，她也要寫一封這樣那樣的家書：「歡迎你們到香港來。」

二、行為：説話之外，這小説最矚目的是行為的細節描摹。

開初，陳老太太和美華對話時，話語之下，就有一些説話者動作的描述，母女一邊説話，一邊做着瑣碎的家務，例如做教師的美華，用蠟板、針筆來為學生做筆記，寫在蠟紙上再油印，在七、八十年代，還未流行影印，更遑論用電腦列印了，我們當時叫這做「寫蠟紙」。這已經成為我們的集體回憶。

要注意的是，這些家務，每一樣真要完成，好歹要磨人一些時間，但在閒話家常裏不斷變換，上一句説話，陳老太太在「削青蘿蔔皮，數蜜棗，切紅蘿蔔片，解凍牛肉，打開一個紙包的南北杏」，下一句説話，陳老太太已經在「燒開水，沖茶，抓一小撮米漏入長脊瓶注水搖撞」，彷彿電影鏡頭不停快速地淡出淡入，顯然是把時間濃縮起來了。

其次，這種動作的描摹，作者好像在訓練我們的閱讀，還是有變化的：同樣在小説的下半部，説話者在説話之後，完成一種動作，再説話，再完成另外的一種動作：

> 「什麼沒有再見面的一天？」家輝放下調羹。「是怎麼一回事？」把碗擱在攤開的電視節目表上。「醫生那裏説了些什麼話？」把電視的音量轉弱。

西西曾仔細的分析秘魯小說家巴爾加斯·略薩(Vargas Llosa)的小說:〈巴爾加斯·略薩作品的時空濃縮結構——試析潘達雷昂上尉與勞軍女郎的第一章〉。這文章後來就收在她的《傳聲筒》(洪範書店,1995年)一書裏。她分析巴爾加斯·略薩這小說一種特殊的手法:把時間和空間濃縮起來。西西無疑借鑑了這種技巧。

不過,技巧是中性的,例如意識流,誰都可以運用,但我們必須追問:為什麼是這種?有這個需要嗎?答案是:〈春望〉這種接通兩地久已阻絕的空間,也追回失去時間的寫法,有內在的需要。巴爾加斯·略薩之作富於實驗性;〈春望〉則相體裁衣,加以發揚增益,呼應小說的內容意蘊,然則這就不是借用,而是轉化。所謂「影響」,正面者,則服膺前人的做法,依樣葫蘆;負面者,則別闢途徑,設法逃避前人。近世西方文論家討論影響時曾妙稱之為「誤讀」,但那是生自「防禦機制」的心理。「轉化」則直面前人的故智,當是挑戰,加以貼切地化入。借用,需連本帶利歸還,不然始終欠債;轉化則否,那已經兌換成為自己的幣值了。

整個小說情味濃郁,仔細咀嚼,味外有味,有時代感,富地方性,成為一個特定時空的寫照,那絕對是西西自己的。

何況那些細節的描摹,還有更深層的意義。我們回到杜甫的〈春望〉去,他寫:「感時花濺淚,恨別鳥驚心。」這是花鳥的

「擬人」，詩人把哀愁和惶恐移情花鳥，這些「平時可娛之物，見之而泣，聞之而悲」(司馬光語)，或嫌太露；這小說呢，人物一邊說話，一邊忙這忙那，忙什麼呢？都無非雞毛蒜皮，作者彷彿紀錄片（documentary）似的，錄之不厭，跡近耽迷，小說本身對人物的心理刻意地不着一字，原來忐忑、複雜的心情斂藏起來，都轉移到行動的物事上，老太的自言自語，可以作為這種忐忑、複雜心情的呈現。「他們每日營營役役，把自己操勞到如同螞蟻、蜜蜂的程度，工作的確可以使人忘記許多憂傷。」這是〈浮城誌異〉的句子。這種「物化」，是另一種寄託。

玻璃鞋

去年夏天，我獨自在歐陸漫遊，有一天，我在多瑙河上游棄船登岸，乘上玎玎鈴響的小馬車，穿過綿綿的葡萄園和白鳥拍翼的樹林，抵達遠山深處、古堡梯疊的一座小城，那就是灰姑娘的童話國度。

我很容易找到了灰姑娘的舊居，因為這個地方已被列為旅遊重點，只是由於知道的人不多，所以遊人罕少。那是一座白牆黑瓦的樓房，屋中早已沒有人居住，據導遊的報道，住在屋裏的人都搬到皇宮裏去了。

導遊首先帶我走遍華麗的客飯廳和睡房，那裏不乏絲絨的椅套和羽毛的枕頭，然後，我們進入灰姑娘的臥室，那是附屬廚房的一間陰暗潮濕的房間，牆洞上有一個 B 字橫窗，窗上沒有玻璃，冷風可以從洞孔外呼呼地透進來。靠牆的一邊架着一張狹床，不過是一塊木板擱在兩張長條凳上，床板上鋪滿稻草，上面放着布枕和一幅補綴百結的薄被。導遊說，室內的佈置完全依照原來的樣子，所有的陳設一點也不曾移動改變。

從灰姑娘的臥室出來，轉入旁側一扇鐵門斑駁的木門後，就是屋子的廚房，裏邊有木製的桌椅，陳列陶皿的碗櫥。磚壁上掛着黑鐵的爐具，由於保存得仔細，均沒有染鏽，連爐底的灰燼也保存了灰白色，雖然爐內已經很久沒有生火。爐架上仍懸着一個黑色的水鍋，爐旁邊有一把矮凳，綠底金字的紙卡上印着：懇請勿坐。凳腳的旁邊有四隻小老鼠，是國內著名的陶匠雅各及威廉兩兄弟的手藝。

桌子上放着刀叉、杯盤和食物，食物是一杯杯巨大的啤酒和香氣四溢的香腸，這是包括在旅遊費用之內的節目之一，遊客可以坐在廚房內和導遊一起享受一頓悠閒的小食，隨意聊天擺龍門陣。於是我和導遊面對面坐下來大快朵頤，我倆半杯啤酒才下肚，就滔滔不絕地傾談起來。

「怎麼沒看見玻璃鞋呢？」我問，一面對我的導遊攤開幾頁釘在一塊兒的七彩印刷紙，觀光小冊子上列明將在灰姑娘的家中看見舉世聞名的玻璃鞋。

「啊，正要讓你看看呢。」他說，站起來走到屋子的角落，點燃壁上的一支蠟燭，在微弱的光線下，我看見了地上放着一隻玻璃鞋。那是一隻完全透明、天衣無縫、水晶也似的跳舞鞋子，在燭光的照射下，仍然隱隱閃亮起一顆一顆的銀星。

「這裏只展覽一隻，另外的一隻陳列在國立博物館裏。」導遊舉杯又喝下一大口啤酒。

「就是這隻玻璃鞋嗎，只有灰姑娘一個人剛好合穿嗎？」我打了一個酒嗝。

「是呀，全國的女孩子都試過的呀，只有灰姑娘一個人合穿。」

「真是一隻美麗的鞋子，不過，如果在我們那裏，拿着這麼的一隻玻璃鞋，怕會找不到灰姑娘了。」我又打了一個酒嗝。

「為什麼呢？」

「因為每個女孩子都變了灰姑娘呀。你知道嗎，在我們那裏，大的腳可以改小，小的腳可以改大，任何的腳都可以改成適合任何種類的鞋子。我們那裏的人，天生有一種了不起的適應能力，我可以舉很多例子來證明。」我又喝下一大口啤酒。

「譬如呢？」

「譬如我們那裏的房子，起初可以一家三口住七百方呎的地方，後來可以適應為一家五口只住三百方呎，再後來，每一層樓濃縮為僅僅一百方呎，居然照樣可以住進去八個人。」

「我對你們這種用呎數計算的居住環境難以理解。」

「這方面是比較描象些。啊，我口袋裏有一份我們那裏的報紙，我且拿出來給你瞧瞧。你看，報紙上有許多的框框是不是？每個框框就是一個專欄。這個框框裏有三百字，這個框框裏有六十五個字。我們那裏的作者都有這個適應的本領，你要三百個字嗎，還是六十五個字？好，每天就準準確確地剛好給你三百個字，或者六十五個字。」我一面嘩啦啦地口若懸河，一面喝啤酒。

「真是一種神奇的本領。」

「別說普通的文字，就算是詩，照樣行。如果框框要的是每天十七行半詩，做詩人的會鐵定每天交上十七行半詩，一行也不多，半行也不少。這不過是許多許多例子中的一個而已，比起來，玻璃鞋大概算不得什麼了。」我切下一片滋滋發響的香腸，蘸上濃濃的來自法國第翁的芥辣。

「真是令人吃驚哪。」

「還有一件叫你吃驚的事，不知道該不該讓你知道一下。」我和他連連碰杯，碰得滿地酒沫。

「是什麼呢？」

「在我們那裏，沒有一個人相信，到了午後十二時正，自己會變作一個南瓜。」

「真是匪夷所思呀。」

他給了我一疊明信片，我掏出親友住址簿來，在每一幅明信片背後的一邊抄下一個朋友的地址，另一邊上則寫：西西到此一遊。又寫：寄自灰姑娘之家。然後貼上印有灰姑娘側面像的郵票，投進門外的一個郵筒。

在分手的時候，導遊追上來送給我一份紀念品，是玻璃紙包好的一小撮爐灰，用一條粉紅色的絲帶裹束，打了一個蝴蝶結。於是，我委蛇委蛇地離開那所美麗的小屋，坐上玎玎鈴響的小馬車，不停地向那位導遊揮手作別。

1980 年 10 月

（選自《像我這樣的一個女子》）

穿玻璃鞋的本領

——〈玻璃鞋〉賞析

這小說，在《時間的話題——對話集》其中一篇〈童話小說〉裏，我和西西有一段相關談話，節錄如下；順帶一提，所謂「童話小說」談的主要是童話，「小」是副詞，用作修飾動詞的「說」，別誤會我們有意湊拼出一個新名詞：

何：我們從《玻璃鞋》說起吧。《玻璃鞋》其中有一句：「在我們那裏，沒有一個人相信，到了午夜十二時正自己會變作一個南瓜。」我想到近來最熱門的一九九七年限問題。你寫這小說時還很少人談到這問題，文學作品，恐怕更沒有。

西：我正是思考這問題。那時香港人很奇怪，好像沒有什麼擔憂，社會看來很繁榮。灰姑娘是童話故事，哪裏會有什麼故居呢？我不過挪用格林童話的材料。

何：細節很富於實感，又生活化，比方寫喝啤酒，喝得一口是泡，又說「西西到此一遊」，假作真時真作假。

西：到達故居時，我寫：「凳的旁邊有四隻小老鼠，是國內著名的陶匠雅各及威廉兩兄弟的手藝。」四隻小老鼠在和路迪士尼的卡通片《仙履奇緣》裏會變成車輪。雅各和威廉就是格林童話作者的名字。整個都是虛構的，主要是想通過玻璃鞋，寫香港人。香港人的適應力豈不是比灰姑娘更強？但香港人其實可不是真正的灰姑娘，沒有一個人能夠像她那麼幸運，遇到王子，從此過着幸福的生活。香港沒有童話，沒有詩。我們的女孩子不會變南瓜，什麼都不會變；反而像童話裏其他的女孩子，都想穿玻璃鞋，不惜削足適履。不同的地方，童話裏他們不合穿，我們可以穿。

何：個個都可以穿，跟個個都不合穿，殊途同歸罷了。不適應未必是好事，太適應就無所謂開拓和創造了。

西：我們誰也不會搖身一變，像童話那樣，有神蹟出現。

何：小說裏你舉過一些例子說明香港人的適應能力，譬如說屋子愈來愈小，人口愈來愈多，可是「照樣行」；又如香港的報刊的框框專欄，指定每天交多少字，就準時交多少字；甚至能夠交指定行數的詩，十七行半，好，就十七行半。這當然了不起，可是問題來了，這還是詩？這種適應能力，穿玻璃鞋的本領，有什麼意思呢？你用一種愉快的語調來寫，形式本身也是一種諷刺。

西：我比較喜歡用喜劇的效果，我不大喜歡悲哀抑鬱的手法。寫小說，一是新內容，一是新手法，兩樣都沒有，我就不要寫了。現在的情況是，悲劇太多了，而且都這樣寫，我想寫得快樂些，使人們總以為我只是寫嘻嘻哈哈的東西。最近讀到加西亞・馬爾克斯的訪問，他說準備寫一部快樂的愛情長篇，因為快樂是目前不風行的情感，他要把快樂重新推動。這是好消息。我就以快樂的心情期待。

延伸閱讀

西西、何福仁：《時間的話題——對話集》，素葉出版社，1995；洪範書店，1995。

魚之雕塑

我聽到嘩嘩的濤聲。

「那麼，你在倫敦看了什麼呢？」他問。

「起先，我去看河，泰晤士河。後來，我去看雕塑和畫。」

「你看見誰了？」他問。

「看見很多人，但印象最深的卻是秀拉，因為他就在第一個門口，我首先看見的是他。」

「是那幅《海浴》嗎？」他問。

「我並不知道竟是那麼大的一幅畫，我以為不過是梵高的規模，直到看見了才知道，原來有普通長餐桌那麼闊大，而且，顏色要比一般畫冊上的清麗明亮。」

「你看見畫面上的陽光了嗎？」他問。

「我想我看見陽光，陽光都充滿在那些微細的雨粉一般的色點裏。點彩的畫面，自己浮泛着一片流暢的透明：和拜占廷的鑲嵌壁畫比，要靠小石塊的割切度來反映光線，效果完全不一樣。」

近岸的白浪拍上沙灘，泡沫飛揚，水珠四散，破裂的海濤化為無數飄浮的花瓣。

「那麼，你在翡冷翠又看了什麼呢？」他問。

「起先，我去看河，阿諾河。後來，我去看雕塑和畫。」

「你看見米開蘭基羅了嗎？」他問。

「我看見《大衛》。但我主要想看看波蒂采尼。我一踏進烏翡思畫廊就跑上二樓找尋第十室，於是，我看見了《春天》和《維納斯的誕生》。」

「你看見畫面上的金色嗎？」他問。

「看見。即使那些金色也是淡淡的。在一般的畫冊上，它們老是那麼鮮豔，其實非常樸素，有一種古典的寧靜。」

「你注意到畫架邊的溫度計嗎？」

「溫度計指着二十三度，室外非常炎熱，我不知道在那些畫的面前，我身在春季還是夏季。」

天空中浮着一塊雕塑體的雲，密集濃聚的綿綿層絮，糾纏為一個黑鰾的形狀。

「那麼，你在巴黎又看了什麼呢？」他問。

「起先，我去看河，塞納河。後來，我去看雕塑和畫。」

「去過羅浮了嗎？」他問。

「那天，羅浮休息，我上了龐比度中心。」

「你看見他們了嗎？」他問。

「他們大多數都在，有些卻是我以前不清楚在哪裏的。我看見施高的打彈子機男子，看見妮琪聖花兒的胖女子，手中還挽了一個既成的提包。美術館的卡紙上錯拼了她的名字，SAINTPHALLE，應該兩個L，卡紙上只有一個，有人用鉛筆添了一個L上去。」

「你感到透不過氣來嗎？」他問。

「我不知道。我看見阿剛，他在一個小房間內給我們一室天虹的幻彩。我看見一間奇異的店鋪，卻不知道作者的名字。我看見許多雕塑，凱撒乾涸了的液體，克里斯圖的包裹，有的奇麗，有的新異，所有的作品，那麼近，彷彿又非常遙遠。」

「你感到驚喜嗎？」他問。

「我不知道，它們似乎伸手可觸，卻又好像隔着重重的山。它們永遠不能給我那種感覺，那種讀一部書，聽一首交響樂，看一部電影的感覺，譬如：小津安二郎。」

「你是一個愛哭的人。」他說。

「為什麼呢，我讀一部書時哭過，看電影時哭過，聽一首歌時哭過，但面對畫和雕塑，卻從不流淚。難道說，畫和雕塑缺乏了那種震撼感人的巨大力量？還是，哭泣實在並不能證明什麼。」

「雕塑與畫，不同於其他的藝術作品，是由於冷媒介和熱媒介的分別，是嗎？」他問。

我們從沙灘上起來，沿着海岸朝層岩的方向漫步過去，在貝殼與砂粒之間留下一長串瞬即被潮水沖擦得乾乾淨淨的腳印。

層岩的另一端，是更荒涼的沙灘，我們繼續往前走，然後，我們看見了一具雕塑，那是一個躺在沙灘上的軀體，身體如同一個氣球一般膨脹了起來，似乎要迸裂外層的灰布襯衫和深藍色的長褲，兩隻素白的腳赤裸在褲管底下，足上沒有鞋子和襪子，每一隻腳趾都顯得浮腫，白得像冷藏的豆腐。

我們走得更接近，才看見兩隻展敞在軀體左右僵硬無力的手，裸露在袖管的末端。雙手都剩下半個手掌，因為所有的指節，如今都變成光滑的灰白骨頭。最後，我們看見了軀體的頭部，經過魚的雕塑，被塑造得異乎尋常地潔淨：沒有一條頭髮，沒有任何眼睛、眉毛、耳殼、鼻孔和嘴唇，也沒有一絲一縷的血肉和肌膚。魚們把軀體的頭部雕鑿得如此完美，使我們震顫不已。

「是這魚的雕塑，令你哭了嗎？」他問。

1981 年 6 月

（選自《像我這樣的一個女子》）

藝術與現實的思辨

——〈魚之雕塑〉賞析

這小説寫於 1981 年。小説由對話推動，並不分節，但不妨劃分成四節，因為首三節總是先從自然場景簡略的敍述開始，然後才是人物的對話：「他」和「我」兩個人一路漫步，走向海邊，一路聊天、討論，內容環繞藝術家、藝術品、電影等；「他問」、「我答」。第四節才是較長的敍述，到最後反而以一個簡短的「他問」收結，戛然而止，餘音裊裊。

四節起首是這樣的：

1.「我聽到嘩嘩的濤聲。」

2.「近岸的白浪拍上沙灘……。」

3.「天空中浮着一塊雕塑體的雲。」

4.「我們從沙灘上起來，沿着海岸朝層岩的方向漫步走去……。」

這些引子似的自然敍述，由遠而近，一路鋪排，逐步引出主題。「他」問的是「我」遠遊看到的東西，倫敦、翡冷翠、巴黎，每到一個地方，「我」總是從看河開始，看泰晤士河，看阿諾河，看塞納河，然後是畫，是雕塑，各種雕塑。從自然的景物，到人為的藝術；最後再回到眼前的現實。

整個寫法，集中、凝煉，緊扣着整個喻象的氛圍。

後段「我」說到看阿剛的畫，看凱撒的雕塑，看克里斯圖的藝術包裹，那麼接近，可又那麼遙遠，這些畫和雕塑，並不能令他感動到會哭，他看電影，聽交響樂，看書，會哭。然後，他們看到沙灘上躺着一個軀體，這軀體被魚啃食，只賸下骨頭，「我」仔細地描寫這潔淨、光滑，再沒有血肉的骨頭，像雕塑，多麼完美的雕塑。諷刺的是，真正令「我」震撼的雕塑，藝術家竟是魚類，由人的血和肉雕塑而成。美與醜、藝術與恐怖形成強烈的對比。

小說最後的一句話是：「是這魚的雕塑，令你哭了嗎？」他問。

西西曾談及這軀體的原型，是中國內地文革的武鬥，許多五花大綁的屍體從河道流到香港九龍。當年在香港的報章往往可以看到這些浮屍的圖片，觸目驚心。

這樣的素材，可以用報道文學式的寫法，像寫《唐山大地震》那樣，但這不如由內地作家去寫；也可以用西西的方法寫成小說，選一個特別的角度，把特殊的現實素材，轉化成普遍的藝術，思考現實與藝術兩者複雜的關係。

莎士比亞戲劇《暴風雨》的詩句云：

五尋深躺下了你的父親，
　他的骨頭變成了珊瑚；
變成了珍珠，他的眼睛；
　他的一切都沒有朽腐，
只是遭受了大海的變易，
　化成了富麗、新奇的東西。

面對殘酷的現實，藝術變得軟弱無力麼？抑或，只有藝術才可以化朽腐為神奇？是藝術追求的，並不在叫人感動而已，像小說中的「我」所說：「哭泣實在並不能證明什麼」，而是讓人思考、反省，並且反過頭來，看到我們自己？又或者，真正震撼人的藝術，來自現實人生的血和肉？小說提出問題，發人深省。

浮城誌異

一　浮城

許多許多年以前，晴朗的一日白晝，眾目睽睽，浮城忽然像氫氣球那樣，懸在半空中了。頭頂上是飄忽多變的雲層，腳底下是波濤洶湧的海水，懸在半空中的浮城，既不上升，也不下沉，微風掠過，它只略略晃擺晃擺，就一動也不動了。

是怎麼開始的呢，只有祖父母輩的祖父母們才是目擊證人。那真是難以置信的可怕經歷，他們驚惶地憶溯：雲層與雲層在頭頂上面猛烈碰撞，天空中佈滿電光，雷聲隆隆。而海面上，無數海盜船升起骷髏旗，大炮轟個不停，忽然，浮城就從雲層上墜跌下來，懸在空中。

許多許多年過去了，祖父母輩的祖父母們，都隨着時間消逝，甚至祖父母們自己，也逐一沉睡。他們陳述的往事，只成為隱隱約約的傳說。

祖父母們的子孫，在浮城定居下來，對現狀也漸漸適應。浮城的傳說，在他們的心中淡去了。甚至大多數人相信，浮城將永遠像目前這樣子懸在半空中，既不上升，也不下沉，即使有風掠過，它也不外是略略晃擺晃擺，彷彿正好做一陣子盪鞦韆的遊戲。

於是，許多許多年又過去了。

二　奇蹟

沒有根而生活，是需要勇氣的，一本小說的扉頁上寫着這麼的一句話。在浮城生活，需要的不僅僅是勇氣，還要靠意志和信心。另一本小說寫過，一名不存在的騎士，只是一套空盔甲，查理曼大帝問他，那麼，你靠什麼支持自己活下去？他答：憑着意志和信心。

即使是一座浮城，人們在這裏，憑着意志和信心，努力建設適合居住的家園。於是，短短數十年，經過人們開拓發展，辛勤奮鬥，浮城終於變成一座生機勃勃、欣欣向榮的富庶城市。

鱗次櫛比的房屋自平地矗立，迴旋翺翔的架空高速公路盤旋在十字路口，百足也似的火車在城郊與地底行駛；腎石憑激光擊碎，腦瘤藉掃描發現，哈雷彗星的行蹤可上太空館追索，海獅的生態就到海洋公園細細觀察；九年免費教育、失業救濟、傷殘津貼、退休制度等計劃一一實現。藝術節每年舉辦好幾次，書店裏可以選購來自各地的圖書，不願意說話的人，享有緘默的絕對自由。

人們幾乎不能相信，浮城建造的房子可以浮在空中，浮城栽植出來的花朵巨大得可以充滿一個房間，他們說，浮城的存在，實在是一項奇蹟。

三　驟雨

每年五月至九月，是浮城的風季，風從四面八方吹來，浮城就晃晃擺擺起來。住在浮城的人，對於晃晃擺擺的城市早已習慣，他們照常埋頭工作，競賽馬匹。依據他們的經驗，風季裏的浮城，從來不會被風吹得翻側反轉，也不會被風颳到別的地方去。

在風季裏，只有一件比較特別的事情要發生，那就是浮城人的夢境。到了五月，浮城的人開始做夢了，而且所有的人都做同樣的夢，夢見自己浮在半空中，既不上升，也不下沉，好像每個人都是一座小小的浮城。浮人並沒有翅膀，所以他們不能夠飛行，他們只能浮着，彼此之間也不通話，只默默地、肅穆地浮着。整個城市，天空中都浮滿了人，彷彿四月，天上落下來的驟雨。

從五月開始，人們開始做浮人的夢。甚至在白天，午睡的人也夢見自己變了浮人，沉默肅穆地站在半空中。這樣的夢，要到九月之後才會消失，風季過後，浮城的人才重新做每個人不同的夢。

為什麼整個城市的人都做起同樣的夢，而且夢見自己浮在空中？有一派心理學者得出的結論是，這是一種叫做「河之第三岸情意結」的集體顯象。

四　蘋果

夏天的時候，浮城大街小巷出現了一幅海報，上面畫着一隻蘋果，頂端有一行法蘭西文，意思是說：這個不是蘋果。海報的出現，十分正常，因為城內將要舉行一次大規模的畫展，這一年，是為了紀念比利時畫家雷內馬格列特。蘋果畫幅，是畫家的作品之一。

「這個不是蘋果」是什麼意思呢？畫裏邊畫的明明是蘋果。原來作者的意思是指，圖畫裏的蘋果並非真正可以食用的果子。伸手去拿，並不能把蘋果掌握手中；用鼻子尋覓，嗅不到果子的芳香；取刀子切割，並不能剖出實質的果肉和水分。因此，這不是真正的蘋果，而是線條、色彩和形狀，圖畫中的蘋果只是假象。古希臘哲人柏拉圖不是說過，即使畫得最好、最象、最傳真的床，仍是床的模仿。

大街小巷貼着馬格列特的海報，真正會到展覽會場去看畫展的，佔浮城人口千百分之一二罷了。但那麼多蘋果出現在城市的每一個角落，畢竟是一件熱鬧的事情，許多人還以為是水果市場的展銷宣傳。只有若干知識分子忽然想起：浮城是一個平平穩穩的城市，既不上升，也不下沉，同樣是假象。浮城奇蹟，畢竟不是一則童話。

五　眼睛

《灰姑娘》是一則童話，南瓜變成馬車，老鼠變成駿馬，破爛的灰衣裳變成華麗的舞衣。不過，到了子夜十二時正，一切都會變成原來的樣子。浮城也是一則「灰姑娘」的童話嗎？

浮城的人並非缺乏明澈的眼睛，科技發達，他們還有精密設計的顯微鏡和望遠鏡。他們常常俯視海水、仰望天空、探測風向。到底是什麼原因使浮城能夠平平穩穩地懸在半空中？海、天之間的引力？還是命運之神操縱着無數隱形線段，上演一齣提線木偶劇？

圖畫裏的蘋果，不是真正的蘋果，靠奇蹟生存的浮城，恐怕也不是恆久穩固的城市，然則，浮城的命運難道可以掌握在自己手中？只要海、天之間的引力改變，或者命運之神厭倦了他的遊戲，那麼，浮城是升、是降，還是被風吹到不知名的地方，從此無影無蹤？

睜開眼睛，浮城人向下俯視，如果浮城下沉，腳下是波濤洶湧的海水，整個城市就被海水吞沒了，即使浮在海上，那麼，揚起骷髏旗的海盜船將蜂擁而來，造成屠城的日子；如果浮城上升，頭頂上那飄忽不定、軟綿綿的雲層，能夠承載這麼堅實的一座城嗎？

六　課題

浮城沒有大河，海水不能飲用，浮城的食水得靠上天的恩賜。所以，浮城人雖然喜愛光芒燦爛的豔陽天，有時候不得不渴求一場場驟雨。

一位老師，帶領一群學生，到大會堂的展覽廳來了，他們來看馬格列特的畫展。學生們拿着紙和筆，寫下他們的感想，抄錄畫幅的名字。他們問：這傘上頂着盛水的杯子，是什麼意思？為什麼畫的名字又叫做「黑格爾的假日」？於是他們翻開畫展小冊子，找尋答案。

對於水，人們在不同的時刻，採取不同的態度，有時容納，有時排斥。比如說，口渴的時候，人們喝水，讓水進入

體內；可是下雨的日子，人們卻又撐起傘來，把水拒斥體外。容納與拒斥、表與裏，本是哲人常常思索的問題。至於水的課題，也許哲人黑格爾有興趣也思索一陣，不過，這麼小的課題，也只在假日空閒之時，他才來想想吧。

一名學生對着畫看了好一陣，他說：人們撐傘，為了不讓雨水打濕身體，既然杯子已把水盛載起來，就不用打傘了吧，還抗拒什麼呢？是的，如果浮城頭頂上有堅實的雲層，浮城的上升就成為可喜的願望，還抗拒些什麼呢？

七　花神

浮城的居民，大多數是戴帽男子——小資產階級的象徵。他們渴求安定繁榮的社會、溫暖寧靜的家園，於是他們每日營營役役，把自己操勞到如同螞蟻、蜜蜂的程度，工作的確可以使人忘記許多憂傷。浮城居民辛勞的成果，是建設了豐衣飽食、富足繁華的現代化社會，但這社會，不免充滿巨大的物質誘惑導致人們更加拼命工作，陷入物累深邃的黑洞。

波蒂采尼是文藝復興時代的義大利畫家，他畫過一幅《春天》，裏面畫着散播大地春回訊息的神祇：傳信使者赫耳姆斯在前引導，邱比特在維納斯頭頂飛翔，西風陪同花仙子並肩而來，優雅三女神翩翩起舞，穿着薄紗彩衣的春日女神把花朵遍灑原野花香的草地。

我國宋代畫家李公麟也畫過一幅《維摩演教圖》，寫文殊菩薩帶了弟子奉釋迦牟尼之命，前往探訪染恙的維摩，維摩帶病說法，講述大乘教義，身旁的天女不停散花，文殊的大弟子，沾滿了一身花朵。

富庶的浮城，充滿物質的引誘，浮城的人，但願天女把花朵都散在自己身上，甚至就把整個春日女神連同無數的花朵背囊一般揹在身後。

八　時間

那是重要的時刻，絕對的時刻，一輛火車頭剛剛抵達。在這之前，火車頭還沒有進入壁爐之內，在這之後，火車頭已經離開；只在這特定的時刻，火車頭駛進室內的壁爐之中，只有在這絕對的時刻，火車頭噴出來的黑煙，可以升上壁爐內的煙囪。煙囪是煙火唯一適當的通道。

壁爐使人想起火樹銀花的節慶，那是普城歡樂的日子。不過，從室內的佈置來看，這個時候不是節日，因為壁爐前面沒有掛上盛載禮物的長襪，室內沒有松樹，沒有閃亮的燈泡，沒有天使，沒有銀鈴，銅燭台上也沒有蠟燭。

壁爐上面的大理石時鐘，時針指向來臨的一，分針指向來臨的九，秒針的位置並不確知。子夜已過，如果是馬車，馬車已經變回南瓜，如果是駿馬，駿馬已經變回老鼠，華麗的舞衣也變回破爛的灰衣裳。

是的，子夜已過，不過，童話故事告訴人們，子夜之前，灰姑娘遇見了白馬王子。

浮城的白馬王子，也在時間零的附近等待嗎？他騎的雖然是一匹神駿的白馬，可是只有一匹馬力，也許會遲到。

時間零總是令人焦慮，時間一將會怎樣，人們可以透過鏡子看見未來的面貌麼？

九　明鏡

只有到過浮城的人，才知道浮城的鏡子，是一面面與眾不同的鏡子。童話《白雪公主》裏面，女巫皇后的宮殿牆上有一面魔鏡，能夠回答皇后的問題，告訴皇后誰是世界上最美麗的女子。那是一面正直忠誠的鏡子，從不撒謊。浮城的鏡子，也都是正直的明鏡，它們勇於反映現實，可是，鏡子也有作為鏡子的局限，浮城的鏡子，只能反映事物的背面。

所有的鏡子，不論是本土的成品，還是外洋的進銷，只要是鏡子，一旦掛到浮城建築物的牆上，就只能照見事物的背面了。所以，當浮城人去照鏡子的時候，他們要照的往往不是自己的臉面，而是腦後的頭髮。曾經有人試過，把另一鏡子放在鏡子前面。可是無論怎樣，不管多少鏡子，轉換多少不同的方向，鏡子反映出來的永遠是事物的背面。這就是為什麼浮城女子必須光顧美容院的緣故，她們是不易為自己化妝的；同樣的，浮城男子如果想刮一次理想的鬍子，也得請理髮師幫忙。

在浮城，看鏡子並不能找到答案，預測未來。不過，能夠知道過去，未嘗不是一件好事，歷史可以為鑑，這也是浮城鏡子存在的另一積極意義。

十　翅膀

浮城有不少交通工具，既有古老的繩梯、氣球，也有現代的直升機、降落傘。想上雲層去看看的人，可以攀梯子、乘氣球；想到海面去看看的人，也可以搭降落傘、坐直升機。不過，一半以上的浮城人，則希望自己長出飛行的翅膀。對於這些人來說，居住在一座懸空的城市之中，到底是令人害怕的事情。感到惶恐不安的人，日思夜想，終於決定收拾行囊，要學候鳥一般，遷徙到別的地方去營建理想的新巢。

有位小説家記載過這樣的事：一人到大使館去申請護照移民，官員問他想到哪裏去。他答：無所謂。官員給他一座地球儀，請他選擇地方。那人看看地球儀，慢慢轉動，然後問：可有另外一個嗎？

離開浮城，到哪裏去，的確煞費思量。什麼地方才有實

實在在可以恆久安居的城市？而且，離城者必須擁有堅固的翅膀，飛行時還得謹慎仔細，不要太接近太陽，否則蜜蠟溶化，就像伊卡洛斯那樣，從空中墜跌下來。

浮城居民不是候鳥，如果離去，也只能一去不回。拿着拐杖，提起行囊，真能永不回顧麼？浮城人的心，雖然是渴望飛翔的鴿子，卻是遭受壓抑囚禁的飛鳥。

十一　鳥草

嚮往飛行，使浮城人時時仰望天空，但他們沒有能力起飛，也無法創造飛天樂伎的飄帶。風季來臨，他們只能做夢，夢見自己默默浮在半空中，即使已經浮在空中，他們仍無

法飛行。

風季過後，人們紛紛回復自己的夢境，他們夢見豆腐紙鳶、漫天雪花、輕盈的蝴蝶、漂泊的蓟草冠毛，甚至有人夢見浮城長出了翅膀。然而人們醒來，發現自己依舊牢牢地固立在浮城的土地上。而土地，竟然長出一種奇異的植物來，那是世界上、生物界中從來不曾見過的鳥草。

浮城的城內城外，到處一片青綠，溪水兩岸、山坡谷地、園林花圃，長出了萋萋墨綠色的鳥草。那是一種殊異的植物，扁平的葉子，卻長成鳥兒的形狀。人們摘下一片葉子，可以清清楚楚地辨別鳥的頭、鳥的嘴巴和鳥的眼睛，連葉面也長得很像鳥兒的羽毛。微風拂過，草叢裹傳來簌簌的響聲，彷彿拍翼的飛禽。

鳥草形狀像鳥，但本質上是草，所有的鳥草，葉子上的鳥兒都沒有翅膀，人們說，如果長了翅膀，草葉都能飛行，那時候，浮城的天空中滿是飛翔的鳥草，沒有人知道它們究竟是鳥還是草，是動物還是植物。

十二　慧童

鳥草出現的這一年，浮城出現了慧童，他們都是智慧孩子。這些小孩初生下來，並沒有引起普遍的注意，因為他們不外是一個個粉嘟嘟的柔嫩小嬰孩。不過，小嬰孩很快長大了。智慧與體能還迅速增長，再過一些日子，他們都變成體格矯健、思想成熟的大孩子。

是做算術的時候開始的吧，母親們看孩子做功課，怎麼加減乘除不用筆寫，而是玩彩色的積木。怎麼買布用米，買米卻用克。集，又是什麼東西？漸漸地，母親連孩子們的課本全看不懂了，而且，孩子讀書不必打開書本，只需扭亮電視機，或者，把聽筒戴在耳朵上。

起初，孩子們告訴母親沐浴時該打開窗子、煮菜不要放過多的鹽，後來，孩子們帶母親到外面去旅行，請她們吃東西，給她們送節日禮物。母親們愈來愈覺得自己變得像嬰孩，而她們的孩子，成為家庭中的支柱，取代了她們作為家長的地位，

傾覆了她們傳統的權威。許多的母親因此感到驚怕起來，不知道該怎麼辦。

只有部分的母親感到欣喜。她們的心中一直積存着疑慮與困惑，她們有許多懸而未決的難題。這時候，她們想起了智慧孩子，也許，一切將在他們的手中迎刃而解。

十三　窗子

地球只是宇宙中一個小小的行星，浮城只是地球上一個小小的城市。翻開地圖，浮城的面積細小得好像針孔，浮城的名字也彷彿不存在，不過，這麼小的一座城市，漸漸也引起了遠方的垂注。

懸在半空中的城、只照着背面的鏡子、風季中的人浮於夢、泥土裏的鳥草，這麼奇異的城市，吸引了無數的旅者，來探索，來體會，來照鏡子，來做夢。至於沒有來的人，並不表示他們不好奇，許多人甚至關心，於是，他們站在城外，透過打開的窗子向內觀望。他們垂下手臂，顯然不能提供任何實質的援助，但觀望正是參與的表現，觀望，還擔負監察的作用。

站在窗外的觀察者，此刻看見什麼了？他們看見一位老師和一群學生，到大會堂來參觀馬格列特的畫展；牆上是一幅一幅的畫，展場內是三三兩兩的人，窗外的觀察者與看畫的師生們，忽然竟面對面了。在神情肅穆的觀察者臉上，人們可以探悉事態發展的過程，如果是悲劇，他們的臉上將顯示哀傷，若是喜劇，當然會展露笑容。

那邊，工作人員把一幅《蒙娜麗莎》的海報貼在預告板上；這邊，畫中的人和看畫的人，隔着一扇窗子，彼此凝視，各有所思。

1986 年 4 月

（選自《手卷》）

「彼此凝視，各有所思」

——〈浮城誌異〉賞析

1986 年，基本法結構草案發表前後，中英兩方在討論、協商、爭論將來怎樣的一個香港。這一年，西西發表了三篇重要的作品：〈浮城誌異〉、〈瑪麗個案〉、〈肥土鎮灰闌記〉。三篇取材不同，寫法也不同，但都指向一個當時大家關心的題旨：香港的地位、港人的身份。

〈浮城誌異〉活用了十三幅比利時畫家馬格列特的超現實繪畫，這些繪畫，本來各自獨立，西西重新編排、串連，像電影蒙太奇那樣剪接，每幅加上一段文字説明、指點，竟然呈現出一個可以言説的思考空間，變成圖文互涉；文字同樣超現實，卻又處處照應眼前的現實。

小説先追溯浮城的來源、存在方式，浮人的生活，一個多麼尷尬的狀態：無根，懸浮在半空。然而，浮人並沒有因此自暴自棄，他們「憑着意志和信心」，創造了「奇蹟」。

可是，作者不多久就把「奇蹟」戳破，在第四幅《蘋果》，畫家在畫裏題辭云：「這個不是蘋果」，因為此蘋果並非真正可以食用的蘋果，而是文學藝術的塑造，「浮城，畢竟不是一則童話。」

浮城好像看來是沒有將來的，因為看不見將來：浮城的鏡子只看見事物的背面（「明鏡」）。浮人不能預言，更不敢斷言將來。將來，「懸而未決」。

所以浮人生來就有一種憂患意識。這小説，也是一篇憂患之書。

但看見過去，作者馬上又修訂説：「知道過去，未嘗不是一件好事，歷史可以為鑑。」這是弔詭的言説。將來，雖然沒有答案，可也不是完全沒有希望的，在《慧童》裏，我們不是看到在浮城誕生的新一代，取代了「疑慮和困惑」的母親，成為她們的老師麼？這些智慧孩子，傾覆了傳統的權威，他們有另一套法則、生活方式。「也許，一切將在他們的手中迎刃而解。」他們的母親曾經創造過奇蹟，難道他們不也可以創造另一種奇蹟麼？浮城的鏡子雖然只看見事物的背面，但面對困惑，浮人可沒有背過身去。當然，這是一種期許，可也不能過於樂觀。一切迎刃而解？也許。小説家提出問題，抒發他的憂慮、期許，不一定要提供答案。

小説中段，第六幅《課題》，加添了一個老師和一群學生到大會堂展覽廳參觀馬格列特的畫展，學生觀摩真跡，實地學習，而且認真地寫下感想，提出問題。於是，前前後後説畫的文字，好像就是我們這些學生的思考、發問。

他們在畫外，他們是觀看者。但後來，到了最後一幅《窗子》，他們再次出現的時候，已經走進畫內，成為被觀看的對象。這幅畫畫了一隻窗，窗外，另外有一群觀察者，在看着這群師生。

這群看畫的師生當然也看見這些觀察者，看與被看，又構成一種辯證的關係。主客的位置轉化、互換。觀看，固然是主動的參與；被觀看，也不只是被動的承受，同時可以積極地創造意義。

他們「彼此凝視，各有所思」，而「觀察，還擔負監察的作用」。

我們曾經走過一段歷史的時刻，當下也一直在走，萬方矚目，但回過頭來，我們自己也成為觀察者，豈能不步步為營？看與被看，同樣要擔負責任。

好的作品表現現實，也超乎現實，令我們看到自己的處境，看到我們自己。

這小說含意豐富，手法也別出心裁。「浮城」這名詞，在這小說之前，一定有人用過，但這小說之後，許多人就拿來稱呼我們熟悉的地方，目前至少有三本書用上這個名字。

延伸閱讀

西西：《我城》，洪範書店，1997。

瑪麗個案

她的名字叫瑪麗。

(至於她的姓氏，我記不起了。對於別人的姓氏感興趣的人，可以去看費爾多·米哈依洛維奇·朵思妥耶夫斯基，或者，伊凡·謝爾蓋耶維奇·屠格涅夫，又或者，尼克拉·華西里耶維奇·果戈里等人的小說。在他們的作品中，人物的姓氏，至少就像他們自己的姓氏，展列得非常詳細。)

瑪麗是長期居住在瑞典的荷蘭籍兒童。

(荷蘭籍的小孩，長期居住在瑞典，沒什麼了不起。阿根廷的博爾赫斯，小孩子的時候，就長期居住在瑞士；義大利的卡爾維諾，小孩子的時候，就長期居住在古巴。關於瑪麗童年的生活，我一無所知。喜歡看兒童故事的人，最好去讀馬克吐溫的《哈克貝利・費恩歷險記》，或者，卡羅爾的《愛麗絲仙境奇遇記》，又或者，高定的《蠅王》。)

瑪麗的母親去世了。

(我不清楚瑪麗的母親是否瑞典籍，還是伊只是居住在瑞典的婦人。我只能推測，瑪麗和母親一起在瑞典生活。如今瑪麗的母親突然逝世。伊如何去世，我也不清楚。對已婚婦人的死亡有意查根究柢的人，何不去讀托爾斯泰的《安娜・卡列妮娜》，或者，福樓拜的《包華利夫人》，又或者，索福克勒斯的《俄狄浦斯王》。)

瑪麗的父親成為瑪麗的監護人。

(瑪麗的父親是怎樣的一個人，我同樣不知道，只知他是荷蘭籍。荷蘭法院，依照瑪麗父親的要求，和國內立法規定，指認他成為瑪麗的合法監護人，並且裁決：瑪麗交父親監護。棄兒，是文學作品常見的素材，這方面的小說，多得很，例如：費爾丁的《棄兒湯姆・瓊斯的歷史》、狄更斯的《大衛・科波菲爾德》，以及史蒂文生的《寶藏島》。)

但，瑪麗向法院提出更易監護人的請求。

(這才是件令人驚詫的事。一個小小的孩子，竟向法庭提出更易監護人的要求。首先，我們不禁要問：小孩如何與法庭交涉？必定有人協助她處理繁雜可厭的種種法律程序，協助她的人是誰？其次，小孩子為什麼要提出要求？她不滿意自己的父親嗎？我對瑪麗父母之間的感情狀況毫不知悉。對於人世間的男女糾紛充滿好奇的人，不可錯過福克納的《聲音與憤怒》，或者，霍桑的《紅字》，又或者，易卜生的《傀儡家庭》。)

法院根據瑪麗本人意願，指定一名婦人作她監護人。

(法院的裁決不容輕視：根據本人意願。這樣的判決，是突破。我們如今生存的社會，仍是以某撮成年人為重心、家長式統治的社會。小孩子，身體受到足夠的愛護，思想卻得不到應得的重視；在法律上，他們也沒有發言的權利。別説所有的小孩子了，有時候，連大多數的成年人也缺乏真正的聽眾，在公堂上無法辯白。文學中也早顯示過了，像卡夫卡的《審判》，或者，加謬的《異鄉人》，又或者，新約聖經的《四福音》。)

荷蘭與瑞典，為了小小的瑪麗，鬧上國際法院。

(瑞典當局按照本國法律，把瑪麗置於保護性撫育制度之下，否定了荷蘭對她監護的要求；荷蘭政府認為瑞典的措施違反了 1902 年的海牙公約：未成年人的監護權應由該國的法令決定。兩方爭奪一個孩子的故事，我們讀過多少？如果你強調血緣關係，你當然讀了聖經所羅門王的斷子案，以及我國元代雜劇李行道的《包待制智勘灰闌記》；如果你重視的是對小孩的愛，那麼你自然也不會錯過布萊希特的《高加索灰闌記》。總之見仁見智，各取所需。）

1958 年 11 月 28 日。國際法院判決：荷蘭敗訴。

（因為，荷蘭實行的是監護法；瑞典採用的是保護法。兩者的目的和效用並不相同。同樣的愛護，前者是頭上另多一層的監管。把某片土地圈開來以便保護野生動物，以及把動物捉起來放進某個動物園裏，畢竟是兩碼子事。1958 年是二十世紀六十年代，我們老説二十世紀是法治的時代，是該尊重人的意願的時代，可是，我們也許就不當小孩是有意願的人吧。萬一他們有，又怎麼辦？我的看法是：兩個國家，一個受害人。至於能夠尊重孩童意願的作品，請協助我找尋。）

1986 年 10 月

（選自《手卷》）

化朽腐為神奇

——〈瑪麗個案〉賞析

〈瑪麗個案〉和〈肥土鎮灰闌記〉，一個很短，一個很長，其實互相呼應，互相支援。前者彷彿是後者的序言，卻又可以獨立成篇。

〈瑪麗個案〉的個案，是有關爭奪小孩的官司，這類官司，無論在現實生活、想像世界，古今中外都屢見不鮮，這就不是「個案」，「瑪麗」之所以成為「個案」，是判決的理據，與前科不同。而且一成案例，是否就可以有普遍的意義？

這小說有點像〈浮城誌異〉，拼貼現成的素材，再加以發揮。所不同的是，前一篇本來是獨立的繪畫，要一番串連、想像，這一篇，引用的是外地新聞（或舊聞），寥寥八句，拆開來，再逐句解讀、詰問、延伸、放大，這是一種補充評論（supplementary comment）。趣味就在這些補充評論裏，把遠方平平無奇的消息，聯繫到我們生活的現實，點鐵成金。

寫作的素材無所不在，只需把報章攤開，就看我們有沒有這種發現的慧眼；寫作的手法看來也了無限制，難在我們能否別出心裁。

肥土鎮灰闌記

肥土鎮藝術中心劇院正在敷演《灰闌記》。你可聽見鼓板鑼鈸的喧聲？

倉・倉倉・乙倉・乙才・倉……
台台・才台・乙台……

古時候，在一個灰昧昧的年代。

——法正天心順，倫清世俗淳，筆題忠孝子，劍斬不平人。老夫姓包名拯，字希文，乃廬州金斗郡四望鄉老兒村人也。官拜龍圖待制天章閣學士，正授開封府府尹之職。今日升廳，坐起早衙。張千，鄭州解到人犯，着他以次過來，待老夫定罪咱。

——理會的。

你來到勾欄，這裏早已貼出招子，擺好旗牌、帳額、神崢和靠背。你看見燈光，你聽見鑼聲，你目擊演員魚貫出場。不過，讓我老老實實地告訴你，肥土鎮並不在上演戲劇，因為肥土鎮本身就是舞台。一切都是真事，何需搬演。這也不是古代，而是現在。不論古代還是現代，舊的尚未過渡，新的仍未到來，這仍是一個灰昧昧的年代。

《灰闌記》不是《空城計》。在《空城計》中，主角的出場序是先出四龍套，然後馬謖、王平四員將，最後才是諸葛亮上場；但《灰闌記》卻是相反，龍套最後。我就是這個最後出場的。我比一般人矮，比所有的人年紀小，是最後出場，站在舞台邊邊上的一個小孩子。你是應該看見我的，雖然，舞台上有那麼多人，也雖然包拯的形象最鮮明。他又在發號施令，台上的人都要聽他的指揮，你看，張千依照他的指示行動起來了。

張千是衙差，他應了一句「理會的」，就在我們這群站立的人中，喚了一個出來。這人是位老婆婆，束着眉額，戴了塌頭手帕，我們且聽她說些什麼。

——花有重開日，人無再少年，休道黃金貴，安樂是神仙。老身鄭州人氏，自身姓劉，嫁的夫主姓張，早年亡逝已過，止生下一兒一女，孩兒喚做張林，女兒喚做海棠。

——劉婆婆，堂下跪着這人，妳可認得？

——倒是面熟得緊，待我看來。這豈不是我家海棠？哎呀女兒，緣何今日相見這公堂之上？

——人無害虎心，虎有傷人意。娘呵，皓首蒼顏的老母親呀，女兒乃是遭人陷害，身困囚牢。可憐我，喚天天不理，叫地地不應。

——誰人如此害妳來？

——就是員外那大渾家。她道我將夫主來藥殺，她道我將家私來盡把，她道我將孩兒來混賴，她拖我上衙門來告發。

——想妳自幼讀書識字，性情溫善，絕不成做出那傷天害理之事。

——女兒我，含冤負屈沒處告，葫蘆提點紙將我罪名招。娘呵娘，我這裏哭哭啼啼告天天又高，幾時節盼的個清官來到。

——滿以為將妳嫁與馬員外，從此拜辭那珂鳴巷，誰料有這一場禍事也呵。

說話的老婦人我認得，因為她就是我的外祖母。我家祖先本是書香世代，七輩以來都是科第的人家，自從外祖父過世之後，家業日漸凋零，一家人無法為生。我舅舅雖然啃過幾年書本，卻沒有功名，讀書人除了讀書，別無本領，沒有能力養家活口。倒是我母親，學過琴棋書畫，能歌善舞，人又長得好看，外祖母就讓她賣俏求食。舅舅因妹妹做這樣的營生，覺得她辱沒家門，顏面無光 ，在家裏常常引起爭執，吵吵罵罵。這一天，終於發起怒來，說是「男兒當自強」，決定離開家鄉，上京投靠娘舅，另謀生計。

地方上有個財主馬員外，常常來家中行走，倒也鍾意海棠，想要娶她為妾，她也願意嫁他，只是外祖母把女兒當作衣食飯碗，靠她覓食，不肯捨割，總是百般推託。既然兒子出走了，馬員外又帶了厚禮前來求親，想想目前的家境，叫女兒拋頭露面，到底不是長久之計，才勉強答應了婚事。她受了員外一百兩財禮，下半世果然過得快活自在，終日尋些舊時姑姐妹們到茶房中吃茶去了。

千百年來，像我外祖母這般的老婦人何其多，她們的運氣倒是不錯，在家裏做女兒時，有父母撫養；嫁到丈夫家裏做妻子時，有丈夫撫養；丈夫過世之後，就由兒女撫養。一生之中，從搖籃到搖椅，搖得脊骨發育不全，一旦遇上困難，一點辦法也沒有，只求自己豐衣足食，不理女兒死活，彷佛女兒一生下來，就是讓她繼續搖下去的錢樹。至於兒子，卻由得他像個搖搖般骨碌碌地滾走了。堂上的京官，可曉得診斷搖搖症？這搖搖症又如何滋生繁殖起來？如今，包待制在法堂上也不理會她如何把女兒出賣，只問她藥夫奪子的案子。問她又有什麼用，她可是一點兒也不知道。案情發生的時候，她早已過世好幾個年頭了。

我站在廳階下面欄杆的旁邊，看着包待制審案子。公堂上面，坐着包待制。他是個大官，頭戴烏紗，身穿蟒袍，足登粉底黑靴。整張臉墨墨地黑，額頭中間勾了一個日頭，顯出一彎娥眉白月。包待制，人人稱他做包青天。包青天，他是名票，我當然聽見過他的名堂，他演的戲，我也看過。大娘最愛看戲了，她常常帶我去看戲，包青天的戲，我們看了真不少，什麼《三勘蝴蝶夢》、《智勘生金閣》、《陳州糶米》、《合同文字》、《元夜留鞋記》，還有《神奴兒大鬧開封府》、《玎玎璫璫盆兒鬼》等等。大家都說包青天白日斷陽間，夜晚理陰司，穿梭在人鬼之間，忙得不得了。現在你看，他果然忙得團團轉。他在寫字哩，他的模樣，簡直就跟戲裏的一模一樣。你來看戲是嗎？我站在舞台上，但我可不是來演戲給你看的。喜歡表演的是包待制，你且看他。

——老夫這裏親舉霜毫，寫道牒文，使顆印信。何正，將着去衙門外，把火焚燒。

——理會的。我燒了一陌兒紙錢。開封府戶尉門神哪，擋住那外道邪魔，放過他這屈死冤魂。

——急急光陰似水流，等閒白了少年頭，月過十五光明少，人到中年萬事休。晚生姓馬名均卿，祖居鄭州，幼習儒業，頗通經史。

——馬均卿，你來看看，這個是你誰人？

——妳，妳這不良的潑賤人，想我馬均卿待妳不薄，緣何圖我的財，害我的命？

——這婦人如何害你，備細說來，老夫替你作主。

——那日是小孩五歲生日，小生與大渾家帶了小孩到各寺院去燒香，佛面上貼金，誰知道這不中人舊性復發，在家勾引姦夫，兀的不氣殺我也。

——婦人如何毒殺你來？

——小生因不良人勾引姦夫，氣壞身子，叫煎一碗熱湯來吃，那知一吃下去，直吃得我，黄甘甘改了面上，白鄧鄧丟了眼光，魂魄兒飄飄蕩蕩，離了身上。

——誰人煎湯給你端來？

——正是這個潑婆娘。

——誰人將湯給你吃來？

——也是這個賤皮囊。

馬員外就是我的父親。還記得，那天是我生日，父親和大娘二人帶我到寺裏燒香拜佛，見子孫娘娘廟，回到家裏，看見二娘沒有了身上的外衣和頭上的首飾，很是詫異，問起來，大娘就說，二娘做了見不得人的事。父親聽了，原就不好的身子，立刻氣出病來，想要喝一碗熱湯，那知不吃還好，一吃就吃死了。

我這個父親，為人風流瀟灑，最喜歡到煙花巷裏徘徊，留下父母之命、媒妁之言的大娘不顧，娶了二娘回家，生下我壽郎後，更加偏寵二娘了，怎不叫大娘妒忌呢。大娘既沒有錢財，又沒有人愛，一家之內，姐妹大小之間，自然不和，再說，她又豈是自甘寂寞的人。世間家庭，自由結合的尚且要彼此努力才能維繫，何況是家長的安排？加上舊妻新妾，爭奪不已，這麼一個家，只有更支離破碎。我父親以為可以享受齊人之福，那知反而招來殺身之禍。

父親死去許多天了，一家人似乎再也沒有一個想念他，大娘和二娘都為了錢財呀、性命呀、小孩呀，鬧上了公堂，父親的屍骨還沒有冷呢。或者，這麼多的人裏，只有我一個人才想念他。父親咎由自取，結果連性命也賠去了，做孩子的可沒有下井投石的道理，而且，他一直很疼愛我。我年紀極小的時候，他常常抱我，逗我玩，我會走路了，他又帶我進他的書房去戲耍，由得我抓他的書翻弄，還說將來要教我讀書寫字。

父親的書房裏有許多書，有一次，我一抓，抓了一本書，咿咿唔唔學父親的模樣搖頭晃腦，也不知讀些什麼，父親不禁笑起來。他取過書看，原來是前漢應劭的《風俗通》，裏面全是故事，就講了一個給我聽。説是有個叫黃霸的官，斷了一件案子，把兩個婦人爭奪一個孩子的事聰明地解決了。

我一生中最快樂的日子，還是跟父親到大街上去逛，城內可熱鬧了，街上全是鋪子，一早就挑起了招牌和幌子，大橋那邊一路上都是小店，鍋餅、油饃頭、醬驢肉、水蒸包，什麼吃食沒有呀，還有茶棚，有人在裏面説話，父親就帶了我進去坐下來歇歇腳，喝一盅茶。茶棚裏面，就有很多謀財害命的故事。

謀財害命的事，竟然發生在父親自己的身上了，在茶棚裏聽説話的時候，我們都意料不到吧。是誰謀害了他，我受害的父親又如何知道底細。堂上的官兒，該來問問我。這件事，我知道。是我，看見二娘下廚煎湯，端上湯來給大娘先嘗，大娘説是油醬不夠，叫去取來，二娘剛離轉，大娘就把毒藥下在熱湯裏。

或者，到現在你還沒有注意我。小小的舞台上的確人多，主角、配角都在使勁地演戲。我當然要站在這裏，因為我是馬均卿的兒子，名叫壽郎。舞台上演出的是《灰闌記》，上演之前，演員們還在爭佔排名位置，彷彿這也是戲劇的一部分，結果以出場為序。奇怪的是，我出場最多，排名卻在末尾，是因為，我並不是來演戲的麼？雖然和這麼多的演員站在一起，我是身在劇場的外角。鑼鼓敲得那麼響，燈光那麼集中，你當然看見，演戲的人又按照舞台調度的種種方程式，轉變出「內荷花」、「外荷花」、「線子耙」、「龍擺尾」等等的走場花式來。

——老夫包拯。欽承聖敕坐南衙，掌刑名糾察奸詐。衣輕裘，乘駿馬，列祇候，擺頭踏。憑着我撇劣村沙，誰敢道僥倖奸滑。莫說百姓人家，便是官宦賢達，綽見了包龍圖影兒也怕。左右，帶鄉里老娘們前來回話。

——人無千日好，花無百日紅，早時不算計，過後一場空。老身姓劉，人稱收生劉四嬸的就是。

——教你當家不當家，及至當家亂如麻，早晨起來七件事，柴米油鹽醬醋茶。老身張大嫂，做的是剃胎頭的營生。

——劉老娘，這裏有個孩兒，妳看看是誰養的？

——我老娘收生，一日至少也收七個八個，這等年深歲久的事，哪裏記得。

——這孩兒只得五歲，也不久遠，妳只說實是誰養的。

——待我想來。那一日產房裏關得黑洞洞的，也看不見人的嘴臉，但是我手裏摸去，那座產門像是大娘子的。

——張老娘，這個孩兒，你可認得？

——那一日，馬員外家接我去與小廝剃胎頭，孩子是大娘抱在懷裏。則見她白鬆鬆兩隻料袋似的大奶奶，必定是養兒子的，才有這奶食。

劉四嬸我當然見過，我到人世上來，第一眼見到的就是她。我還是先見到劉四嬸，才認得我的母親。那時候，母親躺在褥草上面，劉四嬸還喚她二娘。一個人要是說謊，也該說得像樣些吧，從來認人，總是看臉面，看眼睛，看鼻子，她的方法，也甚夠稀奇。

張大嫂麼，我也見過，她替我剃過胎頭。我記得，那天是我滿月，母親在堂前燒香燭，昏頭昏腦地工作，大娘就抱着我，安坐在堂上。我在大娘的懷裏，肚子餓了，就用手兒拍拍她的奶子，卻是隔着衣服，拍得吃不得。三年乳育，全是母親抱我餵我，大娘不是我的生母，我不是她生兒，更不曾吃過她的奶。吃過她的奶的，另有其人。

父親有時不在家，就有一個漢子，到我家來，並不在廳堂上坐着等我父親回來，也不到解典庫去借銀兩，只留在大娘房裏。他和大娘見了我都不避我，由得我站在一邊。我看見大娘抱着漢子，解開了衣衫，好像那個漢子是她的兒子。

這樣的事，堂上的大官怎麼知道呢。如果問我，就清楚了。不問我，卻去問那些給銀子買轉了的街坊鄰里。

——錢會說話，米會搖擺，無米無錢，失光落彩。小的每叩見青天大老爺。

——你們是街坊麼，這孩子是誰養的？

——馬員外是個財主，小的每平日也不往來。五年前因他大娘養了個兒子，小的每街坊鄰里各人三分銀子與他賀喜，那員外也有請小的每吃滿月酒，看見倒生的一個好娃娃。若有半句謊話，嘴上害碗大的疔瘡。

——你也是街坊麼，你來認認看，這孩兒是誰養的？

——每年兒子生日，那員外同着大娘子，領了兒子到子孫娘娘廟燒香拜佛去，這是一城人都看見的，也不只是小的每幾個。

這些個街坊鄰里，從前我生日，父親和大娘帶我去燒香拜佛，在街上遇見他們，都說：小公子真是個富貴相的。不過是早些日子，他們還到我家裏來，父親因為喝熱湯身亡，大娘匆匆命令下人將他火焚，埋在荒郊，喪事很快做完，然後，弔者顯然大悅，全體到我家來集會。他們為什麼來？原來是大娘把他們召來，見一個頭就給一兩銀子，只聽見他們齊聲說道：得人錢財，與人消災。

這一群人，披着硬掙掙的上蓋，穿着乾乾淨淨的布鞋，紗包頭、青衣褡膊，當然都是老實人家，可借都住在一條勢利的說謊街上面，看見錢就睜大了眼。當然，到我家來領過銀子的人，還有收生的劉四嬸和剃胎頭的張大嫂。她們一面收銀子，一面賭了咒：有錢的是朋友，無錢的做對頭。

黑眼珠子見雪白銀子，哪有不歡喜的。銀子進來，良心出去。唉，街坊鄰里，男男女女，在法堂上一起顛倒是非黑白，冤枉我的母親。

我的母親，她是最初給帶進公堂來的人。包待制升堂的時候，鄭州解差就把她押到開封府的南衙來了。只見她，顏面慘白，鬢垂縚髮，一身青褶子，灰塵僕僕，戴了一個九斤半重的長枷，趺趺撞撞，踏起踩藕碎步，顫顫抖抖，挪移着蘭花指頭。

——從來三尺貴持平，莫把愚民苦用刑，人命關天非細事，舉頭豈可沒神明。張千，喝攛箱放告。

——鄭州起解女囚一名張海棠解到。

——刑案司吏，將解子批文，一概留下，待審過了，發批回去。

——理會的。犯人當面。

——開了刑枷。女囚張海棠，妳原是什麼人家女子？

——妾身是柳陌花街，舞姬歌妓。

——哦，妳是個妓女。

——我也是好人家的子女。卻不曾貪圖五花封誥貴夫人，也不曾羨慕駟馬高車錦繡綢。實指望畢罷了淺斟低唱，撇下了數行似的排場。再不去賣笑追歡風情巷，迎新送舊的翠紅鄉。

——那馬均卿也待的妳好麼？

——與馬均卿心廝愛做夫妻，每日價喜孜孜一雙情意兩相投，直睡到暖溶溶三竿日影在紗窗上。

——既是如此，妳把衣服頭面都給了誰來？

——給了我的哥哥張林。俺哥哥只為一載之前，少吃無穿，向我求覓。

——這等，妳可與他些什麼盤纏麼？

——他將去了我的衣服頭面。

——可是妳親手交給他來？

——是我家大娘拿去給他。哪知她，她道我共姦夫背地常來往，她道我謀夫主下藥在熱湯。

——熱湯可是妳下毒來？

——委的不是小婦人下毒來。

——妳夫主死了，那強奪孩兒，又怎生說？

——孩兒原是我親生，她歹心壞腸把孩兒爭。

——街坊老娘都說是她的。

——她買下了街坊，人人都向着她。

——難道官吏們再不問虛實？

——官吏們不問誰是誰非。

——既是這等，也不該便招認了。

——吃不過這吊拷繃扒，棍棒臨逼。

——那鄭州官吏，怎生臨逼妳來？

——打得我一杖子起一層皮，打得我一下下骨節都敲碎，打得我撲撲的精神亂，打得我悠悠的魂魄消。青天大人哪，大人你，懷揣萬古軒轅鏡，照察我這悲悲痛痛、酸酸楚楚，說無休、聽不盡的含冤負屈情。

可憐的母親，他們將她屈打成招，簽下招伏文狀，押解上開封府來。母親的話，句句真實，可堂上的官吏相信她麼？公堂原是辨別是非、主持公正的地方，鄭州衙門卻不分青紅皂白，把一個說真話的人百般拷打，問成死罪。天下有多少的鄭州衙門，又有多少慘遭屈打成招的小百姓？至於在押解的路上，我苦命的母親，如果中途不曾遇上舅舅，怕也和我外婆、父親，早在黃泉相見了。

千百年來，又有多少像我母親這樣的女兒，原也是好人家的子女，只為家貧，無法為生，不得不出外賣俏求食。誰家女兒一生下來就願意當娼妓呢？她們只會怨一句生不逢辰，只得默默屈服於命運。在愚忠愚孝被視為精神法典的時代，孝道就成為逼迫女兒倚門賣俏的緊箍咒了。至於和她們交往的男子，反而成為翩翩瀟灑的人物。她們還得為達官貴人守志，為風流才子立名，被獵奇者傳為佳話。可憐的女子們呀，她們何曾真正有過好日子來。她們做女兒、做妻子，然後做母親，可從來不曾做過自己。賣身葬父的，是她們；當丫鬟婢女的，是她們；被搶去逼成壓寨夫人的，是她們；當娼妓養家的，也是她們。

辱沒家聲的，又是她們。婚姻，是唯一的出路，可是，從了良，依然給人揭起底牌。在家裏作女兒時，我的舅舅就認為妹妹無恥敗德，嫁給了馬家做偏房，父親後來仍要罵她舊性復發。一個聰明智慧的小姐，竟墮入了永不超生的風塵苦海。你聽過我母親有一次忽然唱的曲兒麼？愁多似山市晴嵐，泣多似瀟湘夜雨，少一個心上才郎，多一個腳頭丈夫。每日價茶不茶，飯不飯，百無是處，教我哪裏告訴。最高的離恨天空，最低的相思地獄。

——我家賣酒十分快，乾淨濟楚沒人養，茅廁邊廂埋酒缸，褲子解來做醡袋。自家張保，是個賣酒的，在這鄭州城十里鋪上，開着個酒務兒，但是南來北往，經商客旅，都來我這店裏吃酒。

——張保，你可見過這兩個人來？

——我做公人真個俏，不依公道則愛鈔，有朝事發丢下頭，拼着貼個大膏藥。自家薛霸，與兄弟董超，奉命押解女囚張海棠，到開封府來定罪，可早來到也。

——兩眼梭梭跳，必定晦氣到，若有清官來，一準屋樑吊。自家董超，鄭州衙門公人，與兄弟薛霸，奉命押解女囚張海棠，到開封府來定罪，可早來到也。

——張保，大人問你話哩。

——二位是衙門裏的公人，解一個女囚上開封府衙門。

——可曾在你店裏吃酒？

——先前不曾進來，只在門外說話。

——說什麼話來？

——一個說道理，妳看這般的大風大雪，肚中飢餓了，有什麼盤纏使用，也拿些出來，等我們買碗酒吃，好趕路去。

——好一個驢頭。

——一個哭哭啼啼道，你休打我，我是屈受罪的人，死在旦夕，哪得半分盤纏送你，只望可憐見咱。

——後來又怎麼樣？

——又聽見兩個人說話，似是兄妹。

——那兄妹又如何說？

——一個說，哥哥，教你妹子咱。一個說，這潑娼根，那一日謝你好賫發我也。

——原來多了一人。

——過了一盞茶光景，公人和女囚，另外又有一個身著紫衣的堂侯官，一同進來，叫二百長錢酒吃。再過一陣，又有一男一女進來，原以為可以做上生意，不知如何，一起人打將起來，一文錢也不曾賣得，真是晦氣。不如去吊水鴨也可現錢賣。

酒保我不認得，這個人，我從來沒有見過。聽見他說自己是酒保，我忽然有一點害怕。剛才，他站在我身邊，我聞到一種奇怪的味道，大概就是酒味了。我害怕的不是酒味，而是因為他是酒保。父親帶我到茶棚去歇腳的時候，我雖然年紀小，但也會聽故事了，講故事的人說的都是江湖好漢。又說什麼荒山野嶺的地方，有人開了酒家，專賣人肉包子，店堂後面的屋簷下，掛着一條一條的人腿。我一聽見酒保，就想起人肉包子來。不知道張保有沒有殺過人。生意這麼難做，在偏僻的地方，不兇也不行吧，好人總是給人欺負，難怪有人要開黑店了。

酒保的樣子倒不兇狠，兇霸霸的一群人我倒見過。有一次，父親帶我上街，我說要一個傀儡兒玩耍，正要過橋去買，忽然有一大群人走過來了，一些走路、一些騎馬，手上握着長叉短刀，還揹着弓箭。頭頭的一匹馬上，坐着一個深眼睛、彎頭髮的人，肩上還站着一個鷹。街上的人看見他們都急急走避，父親也不敢過橋去。後來才知道這人是個衙內，人人都怕他。

押解囚犯的公人，我也沒有見過。雖然沒有見過，他們的名字，我卻聽過了，真是兩個惡毒的解差，半路上為逼我的母親要酒錢，又狠狠地打她，只待過了十里鋪那酒店，還有更可惡的事要做出來哩。

母親受押上路那日，常常到我家來的漢子又在我家裏出現了，我清清楚楚地聽見他對大娘說：我想那海棠，又無什麼親人討命，不若到路上結果了她，何等乾淨。因此特特撿兩個能事的公人董超、薛霸解去，起身時節，每人與了五兩銀子，教他們不必遠去，只在僻靜處所，便好下手。

董超、薛霸二人，聞名不如見面，手提水火棒，長得和我見過的衙內一般，兇霸霸的，為了五兩銀子，就要壞我母親性命。給押解上開封府的囚犯，到底有多少人命喪半途之上？茶棚裏的説書先生説，那個豹子頭林沖，給發配到滄州去，路上經過野豬林，兩個解差，就要結果他的性命。還以為這不過是説書人編的故事，那知道竟是真的。我的母親，不就和林沖一模一樣麼？林沖是個武藝高強的百萬禁軍教頭，尚且沒有一點辦法，何況我的母親是個纖纖弱質的女子。這些手執哭喪棒，囊揣滴淚錢的衙差，也不知害了多少人。

——白雲朝朝走，青山日日閒，自家無運智，只道作家難。自家張林，在這開封府當着個五衙都首領。

——兀那張林，老夫那日西延邊賞軍，差你前去迎接回來，你到哪裏去來？

——稟爺，小的走到半路上，看見兩個公人解送一個女囚，原來是小的親妹，遭人陷害，下在囚牢，求爺爺作主。

——你是我衙門內的祇候，如何替犯人稟事？好打。

——小人的妹子從來不曾見過大官府，心怯懼畏，說不出話來，小的替她代訴。她不曾謀取家私、強奪孩兒、藥殺丈夫，不曾把衣服頭面給了姦夫。

——這衣服頭面之事，內情如何，備細說來。

——可嘆我張林，腹中曉盡世間事，命裏不如天下人。自從出門去尋俺舅子，誰想他跟着一個什麼經略的相公到延安府去了，一來投不着主兒，二來又染了一場凍天行的病症，盤纏使盡，連身上的衣服也典當盡了。走回家來，母親也亡化了，居房也沒有了，聞得妹子嫁了馬員外，一逕的去投託她，向她借些盤纏使用。

——她可曾借你？

—— 一文錢也不給我，說還道我怎生發跡身榮旺，怎還穿着襤襤褸褸的舊衣裳。又說道：你既無錢呵，怎生走汴梁，可不道是「男兒當自強」。

——那衣服頭面又如何到你手中？

——我妹子不肯賫發我，我只在門首等着，待他馬員外回來，或是有些面情也不見得。等了半日，等來了馬員外的大渾家，聽說我是舅舅，前來討盤纏的，就代我去和妹妹商討。

——她可曾討得盤纏。

——她說我妹子心腸狠，放着許多衣服頭面，一些兒不肯與我。她說是將自己的衣服和頭面送我，與我權做盤纏使用。我將那些衣服頭面先換了銀兩，買個窩兒，做了開封府的公人。

——如此說來，那馬家大渾家豈非一個賢慧的人。

——卻原來是個豆腐面孔刀子心旳。她將與我的衣服頭面都是我妹子身上解下來，我與妹子，都中了她的奸計。

開封府五衙都首領，就是我的舅舅。當年五體不勤，只一味用心讀書，賴妹妹賣俏持家，不但不感激，反而看她不起，還要憤然離家。當時說得可好聽：匆匆發忿出家門，別尋生理度寒溫，男兒有軀長七尺，不信天教一世貧。結果如何呢？還不是像一頭狗一般回來乞討。母親雖然嫁給馬家，不愁吃住，可是手上並沒有銀錢，連身上穿的、頭上戴的，自己都做不得主，只好叫舅舅離去。

那天正是我的生日，父親與大娘帶我出外燒香拜佛，父親因為要捐錢修理寺院，留在寺中，由大娘先帶我回家，回到家門，就見解典庫門首站着一個人，悲嘆身世：夜來西風動，九天鵬鶚飛，困殺中原一布衣，悲，故人知未知。登樓意，恨無天上梯。

我家有個解典庫。父親雖然有許多田地，他的錢財還靠解典庫做羊羔利賺來，這行業，是這裏著名的斡脱業。我還是第一次見到舅舅，整個人穿得破爛得很。大娘聽說這位乞丐舅舅是來伸手討錢，走進屋內，叫我母親解下衣服頭面，嘴裏說道，這些東西既給了她穿戴，就是她的了，送給舅舅又何妨。母親滿心歡喜，哪知中了大娘的計。大娘搶過衣物，到門口來交給舅舅，說幾領衣服、幾件頭面，還是爹娘給她陪嫁的，又說丈夫不在家，不好留茶飯。舅舅哪裏知道其中曲折，還稱讚大娘是第一賢慧的人，要結草含環，來生圖報。舅舅走後，父親回來，大娘就說母親的衣服頭面，統統送了姦夫。

這件事，我又是當場目擊，我看着母親解下衣物，大娘拿去轉交舅舅。我這個舅舅其實也忒糊塗，他遇到我母親時，豈不見她穿什麼衣服，什麼頭面？大娘拿給她的，正是同一的物事，也不仔細分辨。舅舅雖久讀聖賢書，卻不懂最簡單的情理，大男人的脾性本就不妙，何況他又不曉生產，只會消費，妹子身陷囚牢，禍是因他闖出來的。

說起來，舅舅當然也值得同情，在這個九儒十丐的時代，讀書又有什麼用？除非家中有點錢財，才可以像我父親那樣，灑灑脱脱，空閒的時候，搖頭擺腦，念幾句什麼：擔挑山頭月，斧磨石上苔，且做樵夫隱去來。如果國家無道，窮人讀書能有什麼用呢？讀了許多書，只讀得一肚子不平氣。

在這讀書人如同乞丐的時代，做官的人大都不是科班出身，讀書人不能做官，當然謀生無路了。反而是那些工匠，打打鐵、做做銀器、弓箭，還可以糊口。舅舅從來沒有學過什麼手藝，幸而用銀子買了窩兒，當上了開封府的祗候，也算是不幸中的大幸，後來還意外地救了母親。

案子已經斷了很久了，還斷不出什麼頭路來。為什麼不來問問我呢？誰藥殺了我父親、誰是我的親生母親、二娘的衣服頭面給了什麼人，我都知道，我是一切情節的見證。只要問我，就什麼都清楚了。可是沒有人來問我。我站在這裏，腳也站疼了，腿也站瘦了。站在我旁邊的人，一個個給叫了出去，好歹有一兩句台詞，只有我，一句對白也不分派，像佈景板，光讓人看。其實，也沒有什麼可看，因為中國平劇的佈景，十分抽象。我並不是啞巴，又不是不會說話的嬰孩，為什麼不讓我說話、問我問題？這到底是誰編的腳本？

又叫了一個人出去了，這個人也頭戴烏紗，身穿圓領蟒袍，束着玉帶，腳踏着黑靴，而上一團白白的豆腐乾塊，彷彿打瞌睡時給蓋了一個印，恰恰蓋在臉的中央，鼻子上面。這樣子的官，我見得多了，戲裏不是有很多麼？坐着愛鈔的壽官廳，麵糊盆裏專磨鏡，就是這種官。

——官人清似水，外郎白似麵，水麵打一和，糊塗做一片。小官鄭州太守蘇順是也。雖則居官，律令不曉，但要白銀，官事便了。

——你就是鄭州蘇模稜。

——這個這個，可惡這鄭州百姓，欺侮我罷軟，與我起個綽號。其實我做州官不歹，斷事明明白白，只好吃兩件東西，酒煮的團魚螃蟹。

——智無四兩，肉重半斤，十足一個肥羊清酒人皮囤。

——不是肥羊，我是理刑之官。但是那驢吃田、馬吃豆、鬥打相爭、人命薄事，都來我前申訴。

——張海棠藥夫奪子的案子，是你判的麼？

——被告，被告（做捋鬚科）犯了十惡之罪，都已招實，畫下招伏文狀。

——藥死丈夫，惡婦人也常有這事。只是強奪正妻所生之子，是兒子怎麼好強奪的？

——那婦人犯了（做搔頭科）犯了蕭何律，難寬縱；便自有（做撫耳科）自有删通謀，怎救解。

——姦夫又無指責，恐其中或有冤枉。

——天也，外郎這廝，如何斷的案。那日問了一日人命事，我也不知道怎麼了了。

——蘇順。

——下官在。嚇得我，上前呵，如上斷魂台，往後呵，似入東洋海。

鄭州太守蘇順，是個草菅人命的貪官。那次在鄭州衙門見過，坐在公堂上，像個傻廝。見到我大娘前來告狀，聽說是位員外夫人，嚇得連忙起坐相迎，後來知道不過是個土財主，沒有品職的人家，才敢在椅上坐定。

公堂上的官，有多少像包待制一般？包待制進士出身，拜八品京官，原是個讀書人。我們中國的讀書人，和一般的胥吏當然不同，素食各異，人品兩樣。士人裏面，良莠儘管不齊，但是聖賢書讀多了的，總應受一些孔孟道理的限制，不太敢胡作非為；讀通了的，潛意識裏更有憂國憂民的思想，當上了官審起案子來，多少以良心為本，明辨是非。可是，如今的官，多是胥吏出身，官是用銀子買回來做的，當官根本是一門賺錢的職業，而且，做官又多沒有俸給，只好自己想辦法攢錢了。錢從哪裏來，自然是從告狀的人身上來。

蘇順是個胥吏。但來告狀的，就是州官的衣食父母。我家本是土財主，大娘又肯花錢，銀兩早早打通衙門，當然連太守也要敬她幾分。胥吏不是讀書人，哪裏會審案子，既然斷不來，就只好推給外郎做了。那次我大娘上衙門告狀，蘇順威風八面地只說了一通「原告跪東，被告跪西，開天闢地，歷來如此」，別的規矩都不曉得了。大娘口舌伶俐，說了必力不剌一串話，他也聽不懂，直叫「休磨我，休磨我，快請外郎出來」。啊哎，大事不好，攢文書的外郎一出來，我母親從此再也無法重見天日了。

這個案子還用斷麼？鄭州衙門外郎趙令史，不是別人，正是常常到我家來，留在大娘房間裏的漢子。謀財害命，奪取孩兒，都是他和大娘二人幹的好事。

——我做令史只圖醉，又要他人老婆睡，畢竟心中愛者誰，則除臉上花花做一對。

——兀那趙令史，老夫昨日重看鄭州申文，說一婦人張海棠，藥夫奪子，其中恐有冤枉，莫非是屈打成招的？

——哎喲，小的做個吏典，是衙門裏人，豈不知法度。都是州官，原叫蘇模稜，他手裏做成的。小的無過是大拇指撓癢，隨上隨下，取的一紙供狀。便有什麼違錯，也不干吏典之事。

——那日雪地之上，山路之中，何以你與馬家大娘結伴同行，莫非你二人有甚不伶俐的勾當？

——這可是從哪裏說起。難道老爺看不見的，那個婆娘滿面都是搽粉的，若說洗下了這粉，成個什麼嘴臉，丟在路上，也沒有人要，小的怎肯與她通姦做這等勾當。

——你到十里鋪外又為何來？何以進酒家與兩個解子打話？人間私語，天聞若雷。

——小人乃因解子一時大意，漏帶申文，特特趕去交付，望大人明察。

——若不是呵，小心鍘了你這個驢頭。

趙令史這個人，我見過數也數不清多少次了，他常常到我家來。在我家裏，我見得最多的人，是我父親、母親、大娘，然後就數他了。真奇怪，我這麼熟悉他，彷彿他就是住在我家裏的人。我見他的次數，比我見舅舅的次數不知要多多少倍，舅舅是我的親人，他又是什麼人？趙令史不是州官，但他好像做了州官一般，鄭州衙門的案子，有哪一件不是他斷的。太守蘇順名義上是官，可是不會斷案，要打要放，都憑趙令史做去。

令史這個職業，倒不錯，不過替州官斷斷案，就可以和州官對分許多錢，還可以在公堂上作威作福。而且，案子胡亂斷下，追究起來，責任仍是官長的，有朝一日東窗事發，什麼事都可朝州官身上一推，逍遙法外。做令史比做州官還要逍遙自在，整日價舞文弄法，操恃官長，傾詐庶民，自己則家肥屋潤，還可偷奪別人的妻女。

衙門又是什麼呢？衙門是執法、秉持公正的地方，可是，看看鄭州衙門，哪裏有法呢，一群小市民就像牛羊一般，服從另一個高高在上的人的命令。你看我母親，長跪堂下，一頭羔羊那樣，怎能向所有的家長、大人反抗？只可以呼天喚地，歸咎於命運。

趙令史常常到我家來，和我家大娘卿卿我我，不要以為他真的待我家大娘好，原來一切都是做戲。他常常稱讚她，説她是天仙美女、觀世音菩薩，不如把我父親殺了，兩個人可以做長久夫妻。這些説話，不外是甜言。他的眼睛裏，看見的恐怕還是我家的田地和解典庫。到了目前的地步，事情漸漸敗露，他自己也吃起官司來，就反臉不認人了，為了自保，什麼事做不出來，什麼話説不出口？鄭州太守固然被他一腳踢下泥坑，我家大娘，在公堂上也被他數落得不成人形，也算是大娘的報應了吧。

我家大娘，終於輪到她上場了，真是一個花俏的婦人哪，你看她，頭上挽了個髮髻，身上披了團彩的襖兒，耳穿釧環，臉上搽了厚厚的粉，青處青、紫處紫、白處白、黑處黑，恰便似成精的五色花花鬼。

——我這嘴臉實顯，人人讚我嬌豔，只用一盆淨水洗下來，倒也開的胭脂花粉店。

——妾身是馬員外的大渾家。

——張海棠是個妓女。

——賤皮子背着員外養着姦夫，常常做些不伶俐的勾當。

——那些頭面和衣服，是我送給那賤人的哥哥做盤纏，賤人自己的衣服頭面，都給了姦夫。

——員外是給賤人藥殺的，在熱湯中下的毒。

——孩兒是我養的，費了不知多少辛勤，在手掌兒上抬舉長大的。

——有街坊鄰里為證。

——我這眼不喚做眼，喚做琉璃葫蘆兒，則是明朗朗的。

——賤人藥殺丈夫，強奪我所生孩兒，混賴家私。告大人，與小婦人作主咱。

——哎喲，我是這鄭州城裏第一個賢慧的，倒說我兩面三刀，我搬個她甚的來？

——我到十里鋪去，為帶衣服給二娘穿，免她生寒；帶銀子給她上路，好買些酒菜暖暖肚子，免她受飢。

好一個大娘，真的會說三般話，她的話沒有一句是真的，除卻說自己可以開個胭脂花粉店。難怪鄭州太守說道：這婦人會說話，想是個慣打官司的。

沒有見過大世面、沒有讀過書的婦人，怎麼會是個慣打官司的人呢，還不是趙令史給她編好了台詞。如今她一口否認自己的罪行，咬定是我母親做下，且看包待制如何斷案了。

所有的人都已盤問過了，只有我一個人沒有說過一句話。這位包大人，為什麼不來問我呢？在鄭州衙門裏的時候，我倒有機會出去回話，那次把我帶出去，也不是官吏們想出來的，而是我母親。她說：這孩兒雖則五歲，也省的人事了，你則問我孩兒咱。

我何止省得人事，誰是好人誰是歹人，什麼人是我的生母，什麼人殺害了我的父親，我比大人清楚。可是堂上的官不聽我說，只問我誰是我的親娘。這時候，大娘把我拽過一邊，要我認她是親娘。她說：你說，我是親娘，她是二娘。她以為我是鸚鵡，只會照樣搬說話語，可我是一個人，是個不肯顛倒黑白，不像那些街坊鄰里的人。因此，我指着二娘說：這個是我親娘。我又指着大娘說：這個是我大娘。

那次，我在公堂上只說了一次話，一共說了兩句。可是說了又有什麼用。沒有人相信我的話。別說相信了，他們根本不理。堂上的蘇太守不理，他在公堂上打盹哩。至於趙令史，輕輕皺了皺眉，用一句話就輕易把我打發掉了：這孩子的話，也不足信，還以眾人為主。

既不足信，為什麼又要我說？我不過說了兩句話，說得不中聽，就沒有人理會了。我在鄭州衙門說的話沒有人理會，那麼，這開封府又如何？我抬頭看看包大人，只是他張大嘴巴，打了一個呵欠。

——老夫這一會兒困倦，張千，你與六房吏典，休要大驚小怪，老夫暫時歇息咱。

——大小屬官，兩廊吏典，休要大驚小怪，大人歇息哩。

——花花太歲為第一，浪子喪門再沒雙。街上小民聞吾怕，則我是權家勢要、累纓之家的魯齋郎。小官嫌官小不做，嫌馬瘦不騎，打死人，如同揭一片瓦，不償命。但行外引的是花腿閒漢，彈弓粘竿、賊兒小鷂，整日價飛鷹走犬，街市閒行。咦，趙虎，前面是一個什麼好所在？

——魯爺，這是包待制包大人的衙門，去不得。

——原來是老府尹的衙門，老宰輔與我是一家一計，待我進去耍耍咋。哎，此非包黑子其誰，人說包待制勤政嚴明，何竟在公堂上伏案夢囈起來？我且跟他頑耍看看。

——老夫公裏操心，哪裏睡到眼裏，待老夫閒步遊玩咱。來到這開封府廳後，一個小角門。我推開這門，我試看者，好一座大花園也。

——包黑子夢中倒看得好景致。我則見界牌外結繩成欄，屏牆邊畫成地獄。官僚嚴肅，戒石上鐫御制一通，人從森嚴，廊階下書低聲二字。綠槐蔭裏，列二十四面鵲尾長枷，慈政堂前，擺數百根狼牙大棍。南衙門內，果然刁斗森嚴也。

——哪個賊弟子，閒着那驢蹄，敢來撒野？

——張千，你罵誰哩？

——哎喲，唬得我行行的往後偃。

——你這弟子孩兒作死也，我是誰，你罵我？

——張千不知是大人，若知是大人阿，張千哪裏死的是。

——他不知是我，若知是我，怎麼敢罵我。不和你一般見識。這裏既是公堂，待我升堂來，咚咚衙鼓響，公吏兩邊排，閻王生死殿，東岳懾魂台。張千，有什麼合審的罪囚，押上勘問。

——喏，鄭州一起犯人當面。

——小小百姓，偏多事端。這個是什麼人，臉上搽這許多粉？

——這個是馬均卿的大娘子。

——這個又是什麼人，為何衣裳襤褸，披頭散髮？

——這是馬均卿的小渾家。

——怎麼又有一個小孩。

——這個是馬均卿的兒子。兩個婦人都說是孩兒生娘，如今鬧上公堂，請大人定奪。

——大妻小婦，必有爭差，少不得要告狀打官司的。這孩兒到底是誰人所生，快快從實招來，若不招呵，左右，與我選下大棍子打者。

——孩兒是我的。我是孩兒的親親的親娘，這孩兒是我的親親的親兒，是娘的心肝，娘的肚子，娘的腳後跟，哪一個不知道的。有街坊鄰里為證。

——孩兒是小婦人養的。十月懷胎，三年乳哺、煨乾避濕，咽苦吐甜，不知受了多少辛苦，方才抬舉的他五歲。

——想我魯齋郎，但見人家好的玩器，怎麼他倒有，我倒無，我則借三日看玩了，第四日便還他，也不壞了他的。人家有那駿馬雕鞍，我使人牽來，則騎三日，第四日便還他，也不壞了他的。如今這孩兒呵。

——孩兒是我的。

——是小婦人的。

——這孩兒呵，好比那駿馬，這一個倒有，那一個倒沒有。還不容易，妳就借去玩看，第四日還她，也不壞了她的就是。

——大人高見。此法甚是。西域諸國也行之久了也。只是馬家的財錢屋舍又如何分配？

——咦，我瞥見衙門門首走過一個好妞兒。我正要看，可她走的快，不曾得仔細看。張龍，你曾見來麼？

——小人看到眼裏了。

——你知道她是什麼人家。

——他是個銀匠，姓李，排行第四。他的個渾家生的風流，長得可喜。

——我如今要她，怎麼能夠？

——爹要她也不難，我如今將着一把銀壺瓶，去他家整理，多與他些錢鈔，與他幾盅酒吃，看他渾家也吃幾盅，扶上馬就走。

——此計大妙，則今日收拾鞍馬，跟着我銀匠鋪裏，整理壺瓶走一遭去。推整壺瓶生巧計，拐他妻子忙逃避，兑饒趕上焰摩天，教他無處想尋覓。

——小人張千恭送魯大人。好一陣冷風也，門外是什麼人？

——小女子冤屈也。

——我這嘴臉，與那魯爺，倒是天生一對，地產一雙，都這等花花兒的，甚是有趣。可他看也不看我多一眼，去銀匠家拐李四渾家去了。

——原來是個花花太歲，喪門浪子的衛內。我這裏含冤負屈無人理，他居然還這般來將我消遣。我這個苦命的人呵。

——好一座花園也。你看那百花爛漫，春景融和。兀那花叢裏一個撮角亭子，亭子下奔將一個兔兒來，戴了一頂帽子。呀，兔兒戴帽，可不是個冤子。

——喏，午時了也。

——撒然夢驚覺，張千午時報。呵，原來做了一個夢，見兔子戴一頂帽子。待老夫想來，這張海棠藥夫奪子之事，恐有冤枉。

——大人好睡也。

——朦朧中聽得似有人說話，可有此事？

——有一個婦人，求大人申冤。

——人在何處？

——就在門外，因戶尉門神阻擋，進不得來。

——想必又是一個冤魂。兀那鬼魂，你有什麼負屈含冤的事，且回城隍廟中去，到晚間我再與你做主。速退。

——竇娥多謝大人。

——好一陣冷風也，大人。

——法正天心順，倫清世俗淳，筆題忠孝子，劍斬不平人。老夫包拯……

——大人，這開場白與上場詩，升堂時早已表過了也。

——呵呵，都表過了也？

——都表過了也，毋勞重複了咱。

——這一樁藥夫奪子之案，思前想後，夢前夢後，用盡心力也呵。

——大人用盡心力也。

——老夫自有個主意。張千，取石灰來，在階下畫一個圈兒，着這孩兒在闌內。

——你可怎生參不透其中意。

——着她兩個婦人，拽這孩兒出灰闌外來。若是她親養的孩兒，便拽得出來，不是她親養的孩兒，便拽不出來。

——理會的。

這是整套劇的「墩底戲」了。也是包公最著名的灰闌斷案。張千果然取了石灰來，在階下畫了個圈兒，把我帶到圈內站着。

原來包待制擺下一個苦肉計，讓兩個婦人來爭奪我。唉，包待制呀包待制，我以為你是個精明能幹的大學士，原來也不外是個水晶塔兒葫蘆提：糊塗透頂。我母親，是個平民百姓，普通人家的女子，見公堂上烜赫森嚴，早已嚇得顫顫危危、昏昏迷迷，跪在大官面前，雖有天大的委怨，嘴巴卻失去控制，要由哥哥代申訴。她一生受令，始終逆來順受，待一會兒，一定是她一聽號令，就不分皂白，情急之下將我死拉。至於大娘，她是工於心計的人，怎麼會中你的慣技。她常常到寺院燒香拜佛，聽過許多佛經的故事，佛祖釋迦如何斷案，連我也知道，她比你還要詳細。我很小很小的時候，就跟她去聽過寺廟裏的高僧講佛經，說是《賢愚經》裏記着有個舍衛國，大國王阿婆羅提目佉治理國家，就審過兩個婦人爭一個孩子。大國王很聰明，叫她二人各拉孩子一隻手，誰拉贏，誰就可得孩子。結果，假母親說拉殺了就算，因為孩子本來不是她的；真母親心中不忍，痛惜兒子，所以放了手。高僧說，這個故事是教導我們要行善，凡事要有愛心，戒殺生。

像這樣子斷案，挪到茶棚裏說說唱唱還可以，因為根本沒有依法行事。這般糾纏複雜的案情，怎麼可以依靠略施小計來解決。當然，高僧要傳的道理，目的達到了，而大國王做了這件事，大家都說他英明智慧，從此更加敬畏他。兩個婦人爭一個孩子，反而變得不重要了，誰來關心孩子呢？高僧和大國王都不關心孩子，案中的婦孺彷彿純粹為了證明大國王的英明智慧，只是陪襯的道具罷了。

如今，在這座衙門之內，又重審這麼一件人命關天的案件。死者已矣，要決定的可是我的將來。難道說，不是我壽郎，才是最重要的角色麼？這麼多的人來看戲，到底想看什麼？看穿關、看臉譜、看走場、看佈局的結與解，看古劇、看史詩、看敘事、看辨證；還是，看我，一個在戲劇中微不足道的「倈兒」，怎樣在命途上掙扎，獲取尊嚴？或者，你們來看《灰闌記》，是想看看包待制再扮一次如何如何聰明而且公平的京官？真奇怪，舞台上的燈光，都投射到包待制的鐵臉上，那象徵了所有的希望和理想麼？我站在他撒下的昏暗的小粉圈裏，只期望他智慧的靈光？我和一頭待宰的羊有什麼分別？

你們看，我母親慌慌張張伸出手來了，我大娘則裝腔作勢，還在微哂呢。她是知道的，她一伸手就會輸，她才不會上當。或者，我的母親忽然神智清醒，一切的公堂、棍棒、京官都拋到腦後，因為她看見我是她的血肉的孩子，於是停下手；

而大娘則相反，突然糊塗起來，彷彿被鬼纏上了身，竟然伸手把我拖拽，那麼，我母親居然贏了，仍把我帶回去團聚。

其實，誰是我的親生母親，也已經不再重要，重要的還是：選擇的權利。為什麼我沒有選擇的權利，一直要由人擺佈？包待制一生判了許多案子，也一直繼續在判，可是這次，我不要理會他的灰闌計，我要走出這個白粉圈兒。誰是我的親娘，我願意跟誰，我有話說。

鑼鼓號鈸齊鳴吧，探射的燈光，集中到劇場這邊來吧，我站在這裏，公堂之上，舞台之中。各位觀眾，請你們傾聽，我有話說。六百年了，難道你們還不讓我長大嗎？

1986 年 12 月

（選自《手卷》）

肥土鎮如何重劃灰闌

——〈肥土鎮灰闌記〉賞析

西西〈肥土鎮灰闌記〉之前，兩造爭子的故事，最終由賢君或賢官以機智斷案，中外都有，而且傳為美談；錢鍾書在《管錐篇》卷三也有論及，下面表列歷來爭子的相關故事：

出處	兩造關係	斷案者	勝方
1《聖經・列王記》	同業（二妓）	所羅門王	生母／生父
2 佛經《賢愚經・檀膩鵮品》	不指明	端正王	
3 東漢應劭《風俗通義》	妯娌	黃霸	
4 五代和凝父子《疑獄集》	同縣	李崇	
5 元李行道《包待制智賺灰闌記》	元配與妾	包拯	
6（德）布萊希特《高加索灰闌記》	主僕	法官阿茲達克	養母

舊約《聖經》所羅門判斷二妓爭子的故事，我們都熟悉，《古蘭經》中也有類似的故事，素萊曼即是所羅門的另一版本；至於佛經、應劭、和凝的記載，篇幅不長，這裏引出，方便讀者參考：

> 二母共諍一兒，詣（阿婆羅提目佉）王相言。時王明黠，以權智計語二母言：「今唯一兒，二母召之。聽汝二人各挽一手，誰能得者，即是其兒。」其非母者，

於兒無慈，盡力頓牽，不恐傷損；其生母者，於兒慈深，隨從愛護，不忍拽挽。王鑒真偽，語出力者：「實非汝子，強挽他兒，今於王前道汝事實。」即向王道：「我審虛妄，枉名他兒。大王聰聖，幸恕其過。」兒還其母，各自放去。

——《賢愚經．檀膩䩭品》

潁川有富室，兄弟同居，兩婦俱懷妊。大婦數月胎傷，因閉匿之。產期至，到乳舍，弟婦生男，夜因盜取。爭訟三年州縣不能決。丞相黃霸出殿前，使卒抱兒去兩婦各十餘步，叱婦自往取之。長婦抱持甚急，兒大啼。弟婦恐傷害之，乃放與，而心正悽愴。霸曰：「此弟婦子也。」責問，婦乃伏。

——東漢應劭《風俗通義》

壽春縣人苟泰有子三歲，遇賊亡失，數年不知所在。後見在同縣人趙奉伯家，泰以狀告。各言己子，並有鄰證。郡縣不能斷。(李) 崇曰：「此易知耳。」令二父與兒各在別處，禁經數旬，然後遣人告知之曰：「君兒遇患，向已暴死，有教解禁，可出奔哀也。」苟泰聞既號啕，悲不自勝；奉伯咨嗟而已，殊無痛意。

崇察知之，乃以兒還泰，詰奉伯詐狀。奉伯乃款引云：「先亡一子，故妄認之。」

——五代和凝《疑獄集》

從舊約《聖經》到元代的雜劇，爭子的勝方，都歸之於生母/生父。可以説那是血緣是視的封建時代維繫社會秩序的通則。血濃於水，生母總不忍也不會傷害親兒，或者得知親兒早夭，悲痛過人，這是人之常情，中外如是，無論所羅門王、端正王、黃霸、李崇、包拯，都以此作為判案的依據，明顯體現了古代傳統社會共通的價值取向。李行道創作的《包待制智賺灰闌記》則擴大為弱勢社群（妓女、侍妾的身份）平反冤抑。但問題在，罪犯的動機不純，心態不一，道高一尺，往往魔高一丈，判案但憑常情、常理，太危險了。假如，誠如西西〈肥土鎮灰闌記〉的詰問：生母懾於官威，——往往如此，昏頭昏腦地遵命行事；又或者，罪犯熟悉前科，又會玩官場遊戲，像雜劇裏的趙令史之流，知道法官判案的老規矩，那豈非弄巧反拙？這種裁判，其實屬於詭判，條件是攻其無備，出其不意；卻可一不可再。故技不斷重施，效果只會適得其反。何況，聽憑血緣斷案，不過是人治而已。

布萊希特的《高加索灰闌記》(1944年）意念來自元劇，高明之處是一反過去血緣的定律，改為誰愛小孩誰就取得育兒權，結果養娘得勝，因為她比生娘更愛孩子。《高加索灰闌記》的爭子故事是一齣戲中戲，外在的框架（或當是楔子）是高加索農地歸屬權的爭議。爭子的故事是這樣的：中世紀的格魯吉亞發生內亂，總督被殺，總督夫人逃生時捨不得華衣麗服，寧願拋棄親兒，這孩子幸得廚房女傭格魯雪拯救。在逃難裏，這女傭經歷種種波折，和小孩相依為命，建立了感情。內亂結束，總督夫人為了繼承財產欲奪回孩子，於是訴諸法庭。這法官，本來是鄉村書記，陰差陽錯，才成為法官，他一如包拯，在地上用粉筆劃闌，把孩子放在闌中，要夫人和女傭分頭爭扯，誰扯得，孩子就歸誰。總督夫人雖是生母，可是求財心切，死力爭扯；女傭格魯雪不忍扯傷孩子，放手不爭。扯了兩次，還是生母取勝，但法官把孩子判給了格魯雪，雖然誰是生母，他其實心知肚明。

布萊希特的改寫，告訴我們，對孩子最好的，未必是生母。對手從元配與侍妾，改為貴族和平民，變成意識形態的爭鬥，這跟爭子故事的外殼，高加索「山谷歸灌溉人，好叫它開花結果」，互為呼應。改變判案的依據，再不依賴血緣親疏，無疑是一大進步，但想深一層，這仍然是人治。誰比誰對孩子更好，仍然取決於法官的自由心證。現代的法官，既不能以孩子的性命作賭注，又不能憑藉人的愛憎斷案。

然則什麼是法治呢？內地法律學者夏勇在《法治源流——

東方與西方》(社會科學文獻出版社)一書中曾梳理法治的淵源、規誡與價值，指出三權分立是重要的指標，而人類尊嚴與自由則是核心價值；另一位學者蘇力則研究元代公案劇的問題，指出人治的種種局限，地方官吏兼掌行政和司法即為弊病之一(《法律與文學——以中國傳統戲劇為材料》，北京三聯書店)。換言之，這不單是技術操作的問題，背後實則牽涉一整套價值的觀念。從這個角度看西西的〈肥土鎮灰闌記〉，庶幾可以看到重寫的匠心。我想，灰闌如果再劃，則必須符合現代社會對法治的訴求，而手法上也要推陳出新。

〈肥土鎮灰闌記〉以李行道的元劇為「墩底戲」，雜劇的時代是蒙古人統治漢人的時代，又把漢人分化成北人、南人。把戲劇改作小說，最戲劇性的變化是：加添一個敍事者，這敍事者不是誰，是戲劇裏小小五歲的馬壽郎。布萊希特之作的戲中戲也有一個敍述者：說書人，扮演敍述、評點、歌唱的角色；體現了劇作家從中國戲劇體會得來的間離效果：要觀眾入而能出，別忘了這是演戲，目的不在令人感動，而是思考。但通過戲中的小孩去敍述，同樣的灰闌，卻是完全不同的解讀。這小孩在過去的灰闌計以及灰闌計式的爭奪裏一直沒有發言權，審的是他，但從沒有人問過他的想法，甚至沒有人認為他有想法、尊重他的想法，他在場，其實又缺席了。小說中寫道：

那次，我在公堂上只說了一次話，一共說了兩句。可是說了又有什麼用，沒有人相信我的話。別說相信了，他們根本不理。堂上的蘇太守不理，他在公堂上打盹哩。至於趙令史，輕輕皺了皺眉，一句話就輕易把我打發掉了：這孩子的話，也不足信，還以眾人為主。

在〈瑪麗個案〉裏，收結時作者提出這樣的質問：「我們也許就不當小孩是有意願的人吧。萬一他們有，又怎麼辦？」

即使在元劇裏，這小孩有話要說已露端倪，生母張海棠抗辯時云：「這孩兒雖則五歲，也省的人事了，你（指趙令史）則問我孩兒咱。」不過開口不稱姦夫趙令史意，就被打發掉。如今通過馬壽郎的角度敘述，這是後設的寫法，他同時兼有布氏說書人的作用。布氏的說書人，地位超然，那是全知的觀點，操作起來，是離多於即；馬壽郎呢，亦離亦即，別具辯證的意趣，雖全知，理論上身份最尊貴（擁有繼承權），實質上地位最卑微（沒有發言權）。他既在戲外，又在戲中；他看戲、評戲，又演戲。而且他從古代，一直演到現代。他看到歷史時空的變化，卻仍然荒謬地被放置在歷史時空的灰闌內，仍然活在灰昧昧的年代，他足足活了六百歲：

各位觀眾，請你們傾聽，我有話說。六百年了，難道你們還不讓我長大嗎？

一個孩子，怎麼可以活了六百年呢？在文學的世界裏，包大人既然可以「白日斷陽間，夜晚理陰司，穿梭在人鬼之間」，而死了的馬員外、外祖母可以出庭作供，這些，大家都覺得沒有問題，那麼，如果古代的封建意識仍然作祟，仍然是人治思維，他只會活得更久，活得仍然只是個五歲的小孩，一直長不大。又或者，倒過來，他其實是一個很老很老的成年，卻一直被當做小孩。我們要弄清楚：不是他自己拒絕長大。這孩子最終判給誰，反而不重要了；小說提出的，是一個更深刻的問題。

作為成人，反躬自省，我們會聆聽小孩的聲音嗎？會誠心地聆聽弱勢社群的聲音嗎？我們是否願意向小孩學習（米爾頓《復樂園》：「孩子引導成人，像白晝引導黑夜。」）？不少論者認為西西好用童稚的角度敍述，但所謂「童稚的角度」，還得視乎文本的實際情況，仔細分梳。

這小說拼貼了李行道的原作以至其他的包待制雜劇，例如《魯齋郎》、《竇娥冤》等，一爐而冶，批判古代戲劇搬演的司法方式、傳統性別、階層的劃分等等，內容豐富，有興趣深研的讀者，何妨找來李行道、布萊希特的《高加索灰闌記》對讀，細味同樣的題材，作家因應各自歷史時空的訴求，乃有不同的表現？

延伸閱讀

1. 李行道：《元曲選・灰闌記》第一冊，〔明〕臧晉叔編，中華書局。
2. 布萊希特：《布萊希特戲劇集・高加索灰闌記》第三冊，卞之琳譯，安徽文藝出版社；布雷希特：《四川好人、高加索灰闌記》，彭鏡禧、鄭芳雄合譯，聯經出版社。
3. 西西：〈肥土鎮的故事〉(《鬍子有臉》)，洪範書店，1986。
4. 西西：〈鎮咒〉(《鬍子有臉》)，洪範書店，1986。
5. 西西：《飛氈》，洪範書店，1996。

陳大文的秋天

北區大街小巷繁忙地段所有政府海報上那個名叫齊向前的男子一夜之間全數給人添上了兩撇八字鬍鬚。這件事是陳大文做的。

幾個星期以來，陳大文的打字機唱着一首不暢順的歌。打字機是陳大文的量搏器，只要打字機的聲音結結巴巴的，那就是陳大文的心搏出了問題。

林秀娟第一個發覺出來了，打字機的聲音特別刺耳。不止一次，打字機的聲音像拉糟了樂曲的小提琴，吱吱唔唔，害着嚴重的咳嗽。她看見陳大文伸手頻頻取過塗改液，把打錯的字塗掉。有時候，乾脆是「嘶拉」一聲，又有一頁白紙落下字紙簍。

入秋以來，林秀娟已經編好了兩件毛線衣，都是最流行的顏色。但天氣一直暖，已經十一月底了，氣溫還徘徊在二十五、六度，彷彿夏天。街上的人仍然穿着短袖子的襯衫和布裙子，新毛衣什麼時候可以穿出來呢？

的的的的，拍搭。陳大文又打錯了一個字。林秀娟的心也跟着沉了一沉，好像是她打毛線的時候發覺錯了一行花紋。天氣炎熱是陳大文心神不定的原因麼？黃志強認為當然不是。恆久溫煦的秋天只是女子們的煩惱罷了，羅安琪就嚷過：也不用買大衣啦。

黃志強關心的是股市的溫度。這一陣，股市把黃志強害得很慘，寫字間裏打字的歌，也不只是陳大文的那一架才唱得離腔走調。常常在餐廳酒樓吃午飯的那一伙人，如今不是一聲不響換了個飯盒子和紙包飲品回到寫字間來？

陳大文打了許多，不是字，是呵欠。他一夜沒睡。海報上那個男子，他不喜歡他。陳大文其實並不認識那個人。他第一次看見他的時候，吃了一驚。這男子看來個子高大，精神奕奕，穿着一件潔白的小反領運動衣，短短的頭髮，彷彿銀幕上的男子漢。

從年齡上計算，這男子是年輕的，1964 年 1 月 1 日生，如今正是二十三歲。二十三歲是一個人的初夏，生機勃勃，青春煥發。海報上的男子名叫齊向前。陳大文已經分不清到底是這個人的模樣還是這個人的名字令他觸目驚心，也許，人與名字同樣使他心悸。

齊向前，前面是什麼所在？如果陳大文從站着的地方往前走，就會一直走到大海裏。齊向前，企鵝一般成群結隊從懸崖投入海中麼？

那只是一幅普通的海報，不過是政府忠告某些市民該去換領新身份證了。再普通也沒有的海報，就像那些龍年金幣的海報、提防盜賊的海報、吸煙危害健康的海報，不過是官方的廣告而已。

陳大文遇見這幅海報，十分吃驚。他忽然覺得滿天星斗，海報上的星星在他的腦中團團轉，一顆、二顆、三顆、四顆、五顆⋯⋯陳大文呢，陳大文呢？陳大文被龍捲風捲去了。

中午的時候，吃過了飯盒，林秀娟和羅安琪把剩餘的數十分鐘交給了置地廣場，這是她們最愛散步的地方。秋裝已經上市很久了，櫥窗的色調一片灰黑，這冷冷的寒色在城市裏已經持續了許多年。

林秀娟從來沒有在置地廣場樓上的店鋪裏買過衣服，她只能看。今年流行及膝的長毛衣呢，咖啡色配黑色，直線條，收一點寬腰，墊膊依然沒有退潮。林秀娟編織好的兩件新毛衣，顏色和款式都是從置地廣場得來的藍本。

甘心把整個月薪水花在一襲衣衫上的羅安琪常常說：這是投資。不過，如今羅安琪不買衣服了。過了冬天，她就要移民到加拿大去，到一個極冷的城市。在那裏，她對林秀娟說，沒有人像我們這樣子愛整天打扮。

寫字間裏沒有人再提恒生指數多少多少點。梁鴻柱嘩啦嘩啦講天氣，什麼天空破了一個洞，大氣層外的三氧層漏了孔，天空再也沒法過濾太陽的強光和熱力。周海峰卻說，這麼暖和的秋天不正常得緊，轉眼就是大風雪，西伯利亞的寒流快到了。

陳大文坐在角落裏努力打瞌睡，眼睛閉上了，卻睡不着。用不着陳大文自我介紹，知道陳大文的姓名的人着實不少。填過政府表格的人或多或少都曉得他。一式三份的多類政府申請表格，設有範本，姓名、年齡、籍貫、職業、地址、電話，都已填好。姓名一欄上，清清楚楚地印着三個字：陳大文。

可別管陳大文是誰，見到陳大文三個字的人就高興了，大夥兒跟着陳大文的步伐走 ，一二一， 一二一，按部就班，井井有條。陳大文是最佳表格導航人，陳大文與我們同在，陳大文永垂不朽。

然而，政府海報上沒有陳大文的名字，而是這個如此陌生卻又蘊藏着一股一九六四氣息的名字。陳大文覺得被遺棄了，政府把他用完就扔掉。政府從來不輕易解僱一個人，除非僱員犯上嚴重的罪行和過失。

我犯了什麼過失？陳大文睜了一睜眼，看看手錶，又閉上了眼睛。我是好市民，海報上的指示我哪一樣不依足了做？除了那次，差點把一個婦人綑綁起來。但那是海報的誤導，小小的誤會。

海報説：吸煙導致癌症。陳大文把煙戒了。海報説：廢物不要阻塞通道。陳大文花了一個星期天把整座大廈樓梯上的雜物獨力清除了。海報説，藥物要放在安全的地方。陳大文特地買了一個夾萬回來，把藥物都鎖好。海報説：提防劫匪，圖畫中是一個被綑綁的婦人。陳大文沒把意思弄清楚，差點照辦。已經説過，這是誤會。

秋天的早上也沒有涼意，陳大文整個人在冒汗。從晚上到天亮，他一直在街上遊弋，手中拿着一枝水筆，見到海報上的齊向前就跑上去給他添兩撇八字鬍鬚。這是他所能洩憤的唯一方法了。

天亮的時候，陳大文神情委靡，垂頭喪氣。他漸漸不再吃驚，也不憤怒，而是感到悲哀。這一陣，該換身份證的男子，是六十年代出生的那些年輕人哪。陳大文多少歲了呢？他早已不再年輕。

好吧，前面那幅海報就是陳大文最後添上八字鬍鬚的一幅。最後的報復，然後，陳大文決定回家，回去自個兒節哀順變，回去自個兒處變不驚。

陳大文伸到海報前去的手突然停住了。他面對的這個男子又是誰？可不是齊向前，當然也不是陳大文。竟是另一個陌生人。陳大文垂下手來，呆呆地瞪着這幅新貼上的換領身份證海報，海報上的男子名叫程錦繡。

1987 年 12 月

（選自《母魚》）

都不過是名字而已

——〈陳大文的秋天〉賞析

小說寫於 1987 年；一年前，通過基本法結構草案。

陳大文是香港一個小市民，在寫字樓工作。但陳大文這個名字，我們知道，是以往港英政府提醒市民換領新的身份證時，使用的名字。這名字，出現在政府所有表格的範本上面。他是表格的導航人。這是一個平凡的名字，政府取這個名字，正有此意，陳大文是你，是他，是我，陳大文是所有人。他是模範市民的樣本。

也許名字太入俗，真有這麼一個小市民，就叫陳大文，他果然就是一個樣板，政府要他戒煙，他戒煙；政府要廢物不好阻塞通道，他就獨力清理整個大廈的廢物……，他對政府的指示，通通照做了。事實上，我們這些陳大文，以往誰又不是對政府言聽計從呢？準時交稅；官員叫買樓，我們就買樓，成為負資產。

這麼一個人，當然是一個好人，不會犯過；而且總得有點呆憨，所以當政府宣傳說「提防劫匪，圖畫中有一個被綑綁的婦人」，他就真以為要照辦，差點把一個婦人綑綁起來。

可是，有一天，他發覺海報上換了一個新名字，不再是陳大文，而叫「齊向前」。「陳大文覺得被遺棄了，政府把他用完就扔掉。」

那是「政府忠告市民去換領新身份證」。如果「陳大文」代表通俗、平凡；「齊向前」呢，就很有號召革命的況味。

問題在，當你賦予一個人身份，就不能呼之即來，揮之則去，因為他本身同時就是生命。這小說延續了〈浮城誌異〉、〈瑪麗個案〉、〈肥土鎮灰闌記〉的思考。陳大文報復被遺棄的方法是，偷偷地把這區內所有齊向前的海報塗污，替這個陌生人齊向前塗上兩撇鬍鬚。

但是他很快就發覺，齊向前其實也一如陳大文，不多久就同樣被遺棄了，換上另一個身份，叫「程錦繡」。彼此彼此，都不過是名字而已。

整個小說，以秋天作為場景，其中也提到有同事移民外國，股災。它的喻意是明顯不過的。

延伸閱讀

西西：《母魚》，洪範書店，1990。

白髮阿娥與皇帝

1

「這位太太，過來看看，過來看看。」

白髮阿娥經過超級市場，就被一名小販叫住了。是個陌生的小販哦，她從沒有見過。這條街上，小販一天比一天多，打從午後二點起，一個接一個出現，有賣毛巾的，賣小童衣衫的，賣剪甲、指甲鉗的。還有一輛小貨車，停泊街尾，擱一塊紙牌，寫着：收買冷氣機、錄音機、工用衣車等等；這個小販，白髮阿娥以前沒有見過。

「過來看看，這位太太，過來看看。」

小販沒有手推車。他只一個人，靠牆站着，手指一幅布。布上掛滿大小不同的塑膠袋，裏面分格裝着些圓圓的東西。賣些什麼呢？阿娥總是好奇。灰麻麻的，可不像玉哦。她朝前踏一步，看見了，是錢幣。

「太太，你看，有沒有這樣的毫子和大餅？這個五毫，賣給我，三元一個。」

「五毫子，值三元？」

她的口袋裏也有五毫子。這種零錢普通得很，人人都有。她摸摸口袋，掏出兩個五毫來。

「太太，這個不是女皇頭，不值錢。這個呢，不錯，是女皇頭，卻是小皇冠，只值五毫半。要大皇冠的才值三元。」

「我現在口袋裏雖然沒有，家裏一定有。」

「我天天在這裏，你家裏有不要的舊錢幣，都可以賣給我。你看，這是白鎳五毫，四元一個收；男皇頭的呢，十一元一個收。」

白髮阿娥不用仔細看，因為這些錢幣她都認得，平日常常用，天天見，只看形狀和大小，立刻分辨出來。

「呀，這個是十角形的五元，我倒有不少哦。」

「十角形的五元，二十五元一個收。」

「這種十角形的五元，很好看，不知為什麼現在不見有人用。我最喜歡它，掉在地上不會滾掉，容易找回來。」

「除了錢幣，我也收鈔票。你看，這些鈔票，你一定很熟。鈔票嘛，沒有女皇頭也不要緊，都收。譬如，印着一個長鬍鬚的，印着一個羅馬兵的，或者，印着天神、美女和地圖的，都收。」

小販把一本厚厚的簿子打開，一頁一頁翻給白髮阿娥看。的確，這些鈔票都是她熟悉的，以前就用過，不知如何，現在卻不時興了。她看到那張名片大小的壹分錢紙幣，笑起來。

「哎呀，我都把這些一仙摺飛機給小孩放掉了。」

2

白髮阿娥有三個錢豬，其中一個是陶豬。有一年是豬年，碰巧買回來應景；另一個卻是玻璃製的，通體透明，把錢幣塞進去，個個清清楚楚看得見。因為看得見，更加把它塞得滿滿的，在燈光下看，銀光閃閃，漂亮極了。白髮阿娥小時候也有錢豬，那時的錢豬，不是豬形，也不叫豬，叫撲滿，是個圓圓的像鑼鼓似的泥罐。

小時候，白髮阿娥從來沒有把撲滿填滿過，因為她心急，等不及把撲滿灌滿，就把它撲碎拿了錢去買東西。城裏的小孩，到處都是誘惑呀，好吃的年糕糰、甜燒餅、龍鬚糖，好玩的麵粉人，拋藤圈套泥娃娃，多的是。撲滿又不值錢，本來就是給人撲碎的。

白髮阿娥的第三個錢豬，不是豬，是一隻貓，卡通貓，灰身體、白肚皮。這貓是硬塑膠製造，非常堅固，底座上還有字，是渣打銀行的出品。白髮阿娥把三隻錢箱都找出來，用毛巾先圍在桌子旁邊，然後把錢幣嘩啦啦倒在桌子上。三個錢箱中，有兩個很順利，塞蓋一掀，倒翻身子，晃兩晃，錢幣都跌了出來。至於玻璃豬，原來是密封的，只有背上一條縫。要把錢幣取出來，得一個一個耐心挖，花了白髮阿娥許多時間。

面對一桌子錢幣，白髮阿娥先取來筆、紙和放大鏡，然後端坐椅上，開始整理。首先，依幣值分類，即五仙、一毫、二毫等等。其次，是依性別，錢幣也是有性別的，錢幣上所印的人物就有性別了。這很重要，不是說男皇頭的斗零值四元麼？女皇頭的只值一元半。的確，在一大堆錢幣中，男皇頭要比女皇頭的少，幾乎一百個裏面才有三、五個。有些錢幣，根本沒有男皇頭。

一堆女皇頭的錢幣中，白髮阿娥又作了一項分類：戴大皇冠的和戴小皇冠的。她喜歡大皇冠，覺得它有氣派，小皇冠則像孫悟空的金剛箍。不知道有沒有一個唐僧樣的什麼人能夠唸咒語控制女皇。把錢幣依幣值、性別和皇冠的大小來分，很容易，一會兒就分好了。接着的工作，又花了白髮阿娥許多時間，因為她竟去把錢幣依年份分，而且一枚一枚登記起來。

白髮阿娥用卌符號計算法，一五一十地計算。一面分，一面看。哦，最近的年份是 1997，最遠的是 1948。為什麼沒有 1948 年以前的呢？她記起來了，1948 年以前，她根本不在這個地方。她是 1948 年的冬天才到香港來的。這個年份上面有她的記憶。那一年，白髮阿娥一條白髮也沒有，跟着丈夫，帶了四名子女、年老的父母和一位舅婆，一起移居到香港來。丈夫一個人賺錢，她打理家務，接些家庭作業做，總算艱苦地活下來了。

她數了一數，共有六十二枚男皇頭的錢幣，其中，三十九枚是斗零。她記得，初到香港來的時候，有一天，帶了小女兒經過小食店，見到架上寬口瓶裏盛着話梅。進店去一問，店伙說：「斗零兩粒。」她登時一呆，一聲不響走出來。她決不是不想買話梅，而是不知道「斗零」的意思，又不願別人知道她們是新來的移民。後來她才明白，斗零就是五仙。

男皇頭錢幣的年份都很早，1951 年就沒有了。女皇頭最早的一枚是 1958 年的斗零。一定是這樣的，那些年間，發生了一件事：男皇駕崩，女皇登基。白髮阿娥到香港來的時候，還是男人當皇帝哪，這倒和她出生的那年一樣。她是 1910 年出生的，中國還有皇帝，第二年，就辛亥革命了。在中國，平民百姓見不到皇帝，反而在香港，白髮阿娥見到了皇帝，而且是女皇帝。

不管別人怎麼說，白髮阿娥滿喜歡這位女皇帝。女人做皇帝，就是說，女人也是人，男女平等。再說，電視上常常放映影片，女皇坐馬車啦，在大教堂加冕啦，女皇又年輕又漂亮，像個女明星，卻有女明星沒有的威儀。有一年，女皇大婚，白髮阿娥還買過一個銀色的紀念杯。現在呢，女皇當然老了，要戴近視眼鏡，臉上的皮膚也打皺了。

說來奇怪，女皇做了許多年皇帝，不知道為什麼不退位。王子不是已經長大了嗎？英國人到底和中國人不同，早先有一個不愛江山愛美人的公爵，現在又有一個和白雪公主離婚的王子。如果王子現在當皇帝，錢幣上就會有他的頭像。但是這樣的事永遠不會在香港發生了，即使是女皇頭，也會隨着時光一個一個消失。

白髮阿娥一面看錢幣，一面沉入記憶裏。五十年代的錢幣好像很少，六十和七十的卻多，幾乎每年都鑄造過。這二十年可是艱苦的日子，生活擔子重，親人的離世，都是悲哀的。想不到白髮阿娥的父母會相繼過世，丈夫也突然中風身亡，一句話也沒有留下。但在那些愁苦的年代，也決不是沒有歡樂的一面，子女的學業完成，長子娶妻生子，許久沒有消息的國內親人又聯絡上了，再也不必為他們寄糧食和衣服。

銀白色的大壹圓，令白髮阿娥聯想到非常特別的年月。那一年，都說解放軍要進城，整個城市像要倒塌的樣子。街頭巷尾穿唐裝衫褲的大漢，手握一把銀元，丁丁丁撞響，口裏喊着：大頭，大頭；鷹洋，鷹洋。鈔票不值錢，人人搶購黃金和銀元。大頭是袁大頭，鷹洋是墨西哥的飛鷹。銀元全用純銀做，拿在手上重甸甸的，互相敲擊，發出清脆的聲音。

現在沒有銀元了，只有銀色的大壹圓像銀元。有一陣，兒女給白髮阿娥祝壽，送她金幣。燦燦亮的金子，不若銀元大。阿娥也沒有拿出來撞擊，連碰都沒碰過，因為兒女對她說，不要敲，不要碰，弄花了、沾了汗水，就不值錢。若要保值，金幣就得留在塑膠袋內，留在盒子裏，眼看手勿動。白髮阿娥覺得，還是銀元好。

那一年，街頭巷尾的銀元丁丁響的時候，阿娥就藏着鷹洋和大頭，另有金手鐲、鑽石戒指，密密包裹，細細收匿，全都帶到香港來，最難挨的日子，全靠拿它們出去換柴米油鹽，孩子們的學費和老人的醫藥費。如今兒女告訴她，金子會愈來愈不值錢，也許將來有一天，變成廢鐵也說不定。白髮阿娥不信。那麼，生日的時候，為什麼還要送金子給她呢？

一仙和五仙，現在都買不到東西。但一毫二毫，乘搭巴士還能用。這樣就好。白髮阿娥記得，曾經經歷過一段非常可怕的日子，幣值天天飛漲。有一種鈔票叫金圓券，買東西根本不是拿一張張鈔票去買，而是一綑綑，好像搬石頭。那時的鈔票，面額是十萬，五十萬，一百萬，真是觸目驚心。一綑鈔票，早上換得一斤米，下午去只能換半斤。錢鈔應該使人感到牢靠才好的吧，那麼，不但不用擔心不值錢，還可收藏起來。

白髮阿娥覺得，這些年來，她還是幸福的，沒有碰見十萬、一百萬面額的鈔票，也不用拿一綑綑磚頭般重的鈔票去買東西。她不用把錢當作惡鬼，不必把錢急急拿去換東西，甚至可以留着、藏着。譬如説，過年，要給兒孫封壓歲錢，從銀行提取回來的都是直版的新鈔，封「利是」剩下來的，就留着，遇上有趣的號碼，也不想用掉。有時候，兒女給她零用錢，她都收在盒子裏，好像它們不再是錢鈔。

一生之中，白髮阿娥接觸過的錢幣着實不少呢，什麼龍洋、大頭、鷹洋，小時候還見過光緒元寶、大清銀幣。錢幣上畫的多數是龍，比較特別的是光緒皇帝的頭像。皇帝是側面，戴了皇冠，清清楚楚看見一條扭麻花的辮子。後來就有了袁世凱的頭像，穿着軍裝，一頂高帽，吊着一把流蘇。孫中山的頭像也有特別的地方，是正面的。這些人，都長了八字鬍鬚。錢幣的背面，有的是地球上插兩面旗，有的是帆船。香港如今的錢幣，卻不畫帆船，畫洋紫荊。白髮阿娥不太喜歡洋紫荊，洋紫荊不像是中國的東西。

年輕時見過的錢幣，白髮阿娥一個也沒有留下來，還有老法幣，金圓券。金圓券，廢紙一般，她不喜歡，至於母親留給她玩耍的錢幣，雖然喜歡，可現在都失去了。這必定是由於戰亂的緣故。如果沒有戰爭，生生世世住在一個地方，住在一所古老的房子裏，一切舊的東西都不用拋棄。就在閣樓裏、後院的儲物室裏，總能找到祖母的繡花裙子、祖父的手杖、什麼姑姑的照相簿、叔叔讀過的書、父親留下的留聲機、母親用過的檀香扇子……在戰亂的年代，為了逃生，除了生命，還能攜帶些什麼？名瓷、骨董、字畫、書籍，都不得不離棄，還有誰能儲蓄身外之物？

真可惜，光緒元寶宣統銀元都擦身而過，像時間一樣，像流水一樣。反而是近幾十年，因為生活安定，不用逃難，白髮阿娥藏起了一些錢幣。沒想到，忽然就有人收購了。奇怪，這種情形，和那一年是一模一樣的。那一年，街頭巷尾的銀幣丁丁作響，因為解放軍要來了。如今呢，好像街頭巷尾也有一片收購的聲音：皇帝，皇帝。因為解放軍要來了。白髮阿娥記得，那一年解放軍是在晚上進城的，三更半夜、月黑風高，他們進來了，沿着馬路的兩側，單行前進，荷槍實彈，穿着皺巴巴棉胎似的軍衣，戴着鴨舌帽。

昨天，電視上播映解放軍進城的傳真。解放軍穿着筆挺的制服，戴了飛虎隊員那種軟呢帽，綠顏色，沒有佩槍，坐在車子裏朝窗外的人微笑揮手。下車的時候一名軍人向長官小步奔跑過去，立正，行禮，握手。白髮阿娥還以為他們是一隊童子軍哩。

3

門鈴響，白髮阿娥去開門。真的童子軍來了。

「外婆，啊呀，我好疲倦。」八歲的小洛文搶先跳進來，背後跟着他的母親。

「你們怎麼來了。」

「我們在你家樓下的郵局，買郵票。」小洛文說。

「你家樓下的郵局平日拍蒼蠅似的，沒有什麼人，我特別過海來買首日封紀念郵票。」

「哪知排了好長的人龍。」小洛文說。

「整整輪了兩個多鐘頭。」

「休息一陣吧，我去倒杯茶來。小洛文，要不要喝黑加侖子汁？」

「媽，我們自己來。」

「咦，外婆，你在做什麼呀，一桌子都是錢。」

「我在看看有多少錢幣。你看，這個好不好看？」

「我怎麼沒見過？」

「那時候，你還沒有出生呢。」

「外婆，真巧，我們在郵局買了兩套錢箱，正好一人一套。」他把三個錢箱取出來。錢箱都是紅色的，和街上的郵筒一模一樣，一個圓，一個方，另一個是連體的方形，像孖生的孩子。

「哎呀，我看來可以開錢箱店了。」

「我們來餵錢豬好不好？我來餵，我來餵。」

白髮阿娥決定，透明的玻璃最好還是裝銀白色的錢幣，就裝她最喜歡的十角形五元，大面積的一元和漂亮的五毫。每一次小洛文把錢幣放進錢豬，她就聽見琤的一聲響清脆得好像來自另一個世代。不久，玻璃錢豬餵滿了，他們就把其他銀色的錢幣餵進陶豬，把黃銅的五仙、一毫、五毫餵給錢貓。那些錢幣如今都不適用了。至於如今通用的錢幣，都放進紅色的郵筒錢箱吧。小洛文又忙碌地把大皇冠、小皇冠、一元、五毫、二毫、一毫，分別放進不同的錢箱裏。小洛文餵錢箱的時候，白髮阿娥不時撿起一個錢幣感嘆：這個錢幣五歲了，這個是七歲。這個呢，竟然已經超過五十歲。

「小洛文，你看，這個錢幣，和你同一年出生。」

「那麼，它八歲了。」

「媽，你怎麼看這麼小的字？」女兒從洗手間出來。

「我有放大鏡。」

「去年才做白內障手術，不許再看。」

「這個錢幣，小洛文，和你媽媽同一年出生。」

「不過，它不像媽媽，不會生出小洛文。」

「它雖不會生孩子，原來會生息。」

「什麼是生息？」

「是利息。你看，這個大面積的一元，如今值七元半，這個十角形的五元，值二十五元。」

「媽，你怎麼知道得這麼清楚？」

「昨天，街上有一個小販收購錢鈔，是他告訴我的。」

「媽，你是不是……想把錢幣拿去賣掉？」

「外婆，不要賣掉，不要賣掉，都留給我玩。」

「好的，一言為定，都留給你玩。」

白髮阿娥彷彿看見一幅遠景，但願如此。那時候，小洛文已經活到像她如今的年齡。有一天，他把錢豬中的錢幣倒出來看。呀，這五仙已經一百多歲了；這個錢幣上，鑄着 1997 年。那一年，他在外婆家裏，和外婆一起餵錢豬。他對身邊的孫女兒說：好的，一言為定，都留給你玩。

1997 年

（選自《白髮阿娥及其他》）

「好，都留給你玩」

——〈白髮阿娥與皇帝〉賞析

這是白髮阿娥系列其中一篇，寫於 1997 年；這一年，香港回歸。

小說通過錢幣頭像的轉換，反映政權的變遷。

白髮阿娥的原型是西西的母親。白髮阿娥一生看過兩次解放軍進城，一次進入上海，一次進入香港。那一次，西西在《候鳥》裏有過更細緻的描述；這一次，在阿娥眼中，他們沒有佩槍，行禮，握手，好像童子軍。

時光過得真快，對照許多年前，第一篇的白髮阿娥：〈春望〉，那時她可以忙這忙那，仍然充滿精力，如今的確垂垂老矣，年輕的兵士，對她來說，是小孩。

有一段話，近乎總結：

> 白髮阿娥一面看錢幣，一面沉入記憶裏。五十年代的錢幣好像很少，六十和七十的卻多，幾乎每年都鑄造過。這二十年可是艱苦的日子，生活擔子重，親人的離世，都是悲哀的。想不到白髮阿娥的父母會相繼過世，丈夫也突然中風身亡，一句話也沒有留下。

但在那些愁苦的年代，也決不是沒有歡樂的一面，子女的學業完成，長子娶妻生子，許久沒有消息的國內親人又聯絡上了，再也不必為他們寄糧食和衣服。

收結是對遠景的祝願：小孫兒央求阿娥不要把錢幣賣掉，都留給他玩；有一天，這個小孫兒已經活到像她的年齡，他同樣也不會把錢幣賣掉，對身邊的小孫女說，好，一言為定，都留給你玩。

但那會是另一代人的故事，留給另一代人去抒寫。

白髮阿娥系列裏另有一篇〈玫瑰阿娥的白髮時代〉，回顧她的一生，好像一個柑欖，中間闊，兩頭尖，人生的旅程大概也是這樣，年幼和年老在左右兩頭，年幼時在左邊一頭逐漸開展，青壯年最波瀾壯闊，然後在右邊另一頭到了老年，逐漸收窄，又變成小孩了。這小說很精彩，但已逸出本書特定的主題。

延伸閱讀

西西：《白髮阿娥及其他》，洪範書店，2006。

關於西西

西西

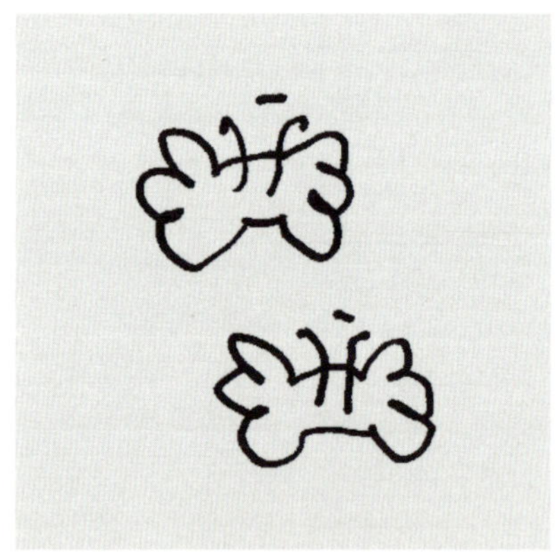

西西的簽名

光陰

光陰似箭，日月如梭。光陰，是什麼呢？老師問。寧寧大声地答：光陰就是日月，日月就是光陰啦。同学一起笑。老師也笑起来，然後說，也对。光是亮光，陰是無光，也等於是說，太陽出現，就天亮了，那是白天，太陽是日，是光，光是光線；月亮也有光，但月亮自己不会发光，它的光是反射太陽照的光。其实，白天和夜晚，有日或月，都屬於光，沒有日和月，才是陰天。

星呢？

有的星会发光，大多數的星反射太陽的光。陰天雖然陰暗，並不是日、月、星都不見了，而是它們被云霧所遮掩。

老師講課，要講的主要是光。光是從太陽射出來的，光是線一般的事物，像線一般直，像箭一般飛行，快得我們看不清楚。現在，我們來看看光線吧，說着，老師打開集体背後的一扇櫥門，拿出一件（不並）很大，像一把直尺那样白白的事物来。那是什麼？我們從来沒有見過。它的模样像

西西手稿

西西照片

2003 年西西在上海

2004 年，西西在捷克法蘭克・蓋里設計的著名建築前留影

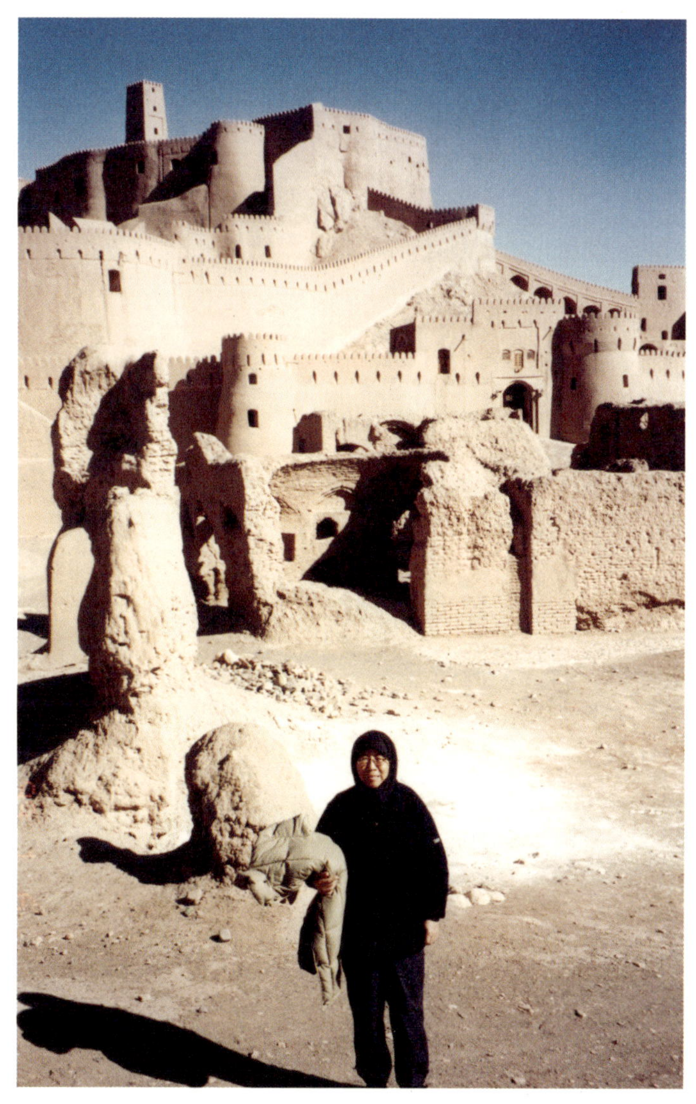

2004 年西西在伊朗班姆古城，古城其後毀於地震

西西當選 2011 年香港書展年度作家

2012 年東莞西西作品展大型告示牌

西西的玩具熊（時遷）

西西縫製的水滸英雄
（左起：史進、燕青、時遷、張清、楊志）

西西做的卓文君和司馬相如

西西為科幻電影《雨果》主人翁做的布偶

西西的作品：黃飛熊

西西和貓友（花花、貓兒妹）

西西簡歷

西西，原名張彥（1937-2022），原籍廣東中山人。小學在上海度過。1950 年隨父母定居香港。中學時就讀於協恩中學，初中時在中文部，中四後轉入英文部。1957 年進入葛量洪教育學院，畢業後任教於官立小學。

西西學生時代已開始投稿。中三時參加雲碧琳主編的《學友》徵文比賽，越級得高級組首獎。她寫作的體裁很廣泛：詩、小說、散文、童話、翻譯之外，六十年代還寫過電影劇本，如《黛綠年華》(秦劍導演)、《窗》(龍剛導演) 等等，又以清新鮮活的筆調寫作影評影論。她是香港製作實驗電影的元老之一。

她曾編輯《中國學生周報》的「詩之頁」，發掘新人，並長時間在報章、雜誌寫作各種專欄：童話專欄、電影專欄、美術專欄、閱讀專欄、談畫專欄，以至專談足球賽的專欄。其中包括《快報》的「我之試寫室」，曾先後轉薦亦舒、也斯接手。

1983 年，台灣《聯合報》副刊轉刊她在《素葉文學》發表的〈像我這樣的一個女子〉，從而正式開始了她與台灣的文學緣。〈像我這樣的一個女子〉並獲當年《聯合報》第八屆小說獎之聯副短篇小說推薦獎 (按：此獎乃頒給該年在該報副刊上發表短篇小說之最佳者)。

1988年，〈致西緒福斯〉再獲《聯合報》第十屆小說獎之聯副短篇小說推薦獎。小說集《手卷》則獲1988年台灣《中國時報》第十一屆時報文學獎之小說推薦獎（此獎乃授與該年在台灣出版之小說集最佳者）。1990年，則獲《八方》文藝叢刊之「八方文學創作獎」。1993年以作品《西西卷》獲市政局主辦的第二屆香港中文文學雙年獎小說獎 。2005年獲《星洲日報》舉辦的「花蹤世界華文文學獎」。

1989年9月西西曾因癌病入院，手術後康復。其後因手術的後遺症，致右手逐漸失靈，乃改用左手寫作，點點滴滴，完成了長篇《我的喬治亞》。她喜歡微型屋，並且手製布娃、毛熊，也作為右手的物理治療，先後出版了圖文俱茂的《縫熊志》、《猿猴志》。大半生受疾病折磨，收入微薄，但樂觀圓融，生活儉樸，一直創作不倦，秉承創作精神，最後一本為長篇小說《欽天監》（2021年出版）。

西西作品（單行本書目）

（截至 2025 年 7 月）

按：書本初版年份不等同發表時期，例如《我城》，1975 年在報上連載，到 1979 年方出專書。

	書名	文類	出版社 香港（港）、台灣（台）、中國內地（中）	年份
1	《東城故事》	中篇小說	（港）明明	1966
2	《我城》	長篇小說	（港）素葉（簡）	1979
			（台）允晨	1986
			（港）素葉	1996
			（台）洪範書店	1999
			（中）廣西師範大學	2010
3	《交河》	散文及小說合集	（港）文學研究社	1982
4	《春望》	短篇小說集	（港）素葉	1982
5	《哨鹿》	長篇小說	（港）素葉	1982
			（台）皇冠	1986
			（台）洪範書店	1999
			（中）譯林	2020
6	《石磬》	詩集	（港）素葉	1982
7	《像我這樣的一個女子》	短篇小說集	（台）洪範書店	1984
			（中）廣西師範大學	2010
8	《鬍子有臉》	短篇小說集	（台）洪範書店	1986
			（中）廣西師範大學	2016
9	《像我這樣的一個讀者》	讀書筆記	（台）洪範書店	1986
			（中）廣西師範大學	2016
10	《手卷》	短篇小說集	（台）洪範書店	1988
			（中）廣西師範大學	2016
11	《花木欄》	散文集	（台）洪範書店	1990
12	《美麗大廈》	長篇小說	（台）洪範書店	1990
13	《母魚》	短篇小說集	（台）洪範書店	1990

14	《剪貼冊》	散文集	（台）洪範書店	1991
15	《耳目書》	散文集	（台）洪範書店	1991
16	《象是笨蛋》	中篇小說集	（台）洪範書店	1991
17	《候鳥》	長篇小說	（台）洪範書店	1991
			（中）四川文藝	2020
18	《西西卷》（何福仁編）	選集	（港）三聯書店	1992
19	《哀悼乳房》	長篇小說	（台）洪範書店	1992
			（中）廣西師範大學	2010
20	《傳聲筒》	讀書筆記	（台）洪範書店	1995
21	《畫 / 話本》	散文集	（台）洪範書店	1995
22	《時間的話題：對話集》	藝談	（港）素葉	1995
			（台）洪範書店	1995
23	《飛氈》	長篇小說	（台）洪範書店	1996
			（中）廣西師範大學	2016
24	《家族日誌》	短篇小說集	（台）洪範書店	1996
25	《故事裏的故事》	短篇小說集	（台）洪範書店	1998
26	《西西詩集（1959-1999）》	詩集	（台）洪範書店	2000
			（中）廣西師範大學	2019
27	《旋轉木馬》	散文集	（台）洪範書店	2001
28	《拼圖遊戲》	散文集	（台）洪範書店	2001
29	《白髮阿娥及其他》	短篇小說集	（台）洪範書店	2006
			（中）譯林	2022
30	《看房子》	散文集	（台）洪範書店	2008
			（中）廣西師範大學	2010
31	《我的喬治亞》	長篇小說	（台）洪範書店	2008
			（中）譯林	2020
32	《縫熊志》	散文/藝術	（港）三聯書店	2009
			（台）洪範書店	2009
			（中）江蘇文藝	2011
33	《猿猴志》	散文/對話	（台）洪範書店	2011
34	《羊吃草：西西集》	散文集	（港）中華書局	2012
			（中）中華書局	2014

35	《試寫室》	散文集	（台）洪範書店	2016
36	《織巢》	長篇小說	（台）洪範書店	2018
			（中）四川文藝	2020
37	《西方科幻小說與電影——西西、何福仁對談》	小說、電影	（港）中華書局	2018
38	《我的玩具》	散文集	（台）洪範書店	2019
39	《看小說》	讀書筆記	（台）洪範書店	2019
40	《欽天監》	長篇小說	（中）廣西師範大學	2021
			（台）洪範書店	2022
41	《牛眼和我》	散文集	（港）中華書局	2021
42	《動物嘉年華》	詩集、繪本	（港）中文大學出版社	2022
43	《石頭與桃花》	短篇小說集	（港）中華書局	2022
			（台）洪範書店	2023
			（中）譯林	2024
44	《西西看電影》（上）（趙曉彤編）	影評影論	（港）中華書局	2022
45	《西西看電影》（中）（趙曉彤編）			2023
46	《西西看電影》（下）（趙曉彤編）			2024
47	《左手之思》	詩集	（港）中華書局	2023
48	《港島吾愛》	散文集	（港）中華書局	2023
49	《玩具與房子》	散文集	（港）中華書局	2024
50	《畫自己的畫》	藝談	（港）中華書局	2024
51	《可惜，葆拉》	散文集	（港）中華書局	2024
52	《說不盡的話題——西西、何福仁續談》	對話集	（港）西西基金會	2024
53	《八月浮槎——西西選讀》（何福仁編）	選集	（台）洪範書店	2025
54	《浮城閱讀》（上卷）	讀書筆記	（港）中華書局	2025
	《浮城閱讀》（下卷）			
55	異人異行	短篇小說集	（港）中華書局	2025

西西的主要文學獎項

1955 年　小說《春聲》從中三越級參加《學友》高中徵文比賽，獲冠軍。

1958 年　小說《和孩子們一起歌唱》獲《青年樂園》徵文比賽冠軍。

1965 年　〈瑪利亞〉獲《中國學生周報》小說第一名。

1983 年　〈像我這樣的一個女子〉獲台灣《聯合報》第八屆年度最佳短篇小說獎。

1988 年　〈致西緒福斯〉再獲《聯合報》第十屆短篇小說獎。

1989 年　小說集《手卷》獲台灣《中國時報》第十一屆時報年度最佳小說獎。

1990 年　獲《八方》文藝叢刊之「八方文學創作獎」。

1992 年　《哀悼乳房》獲台灣《中國時報》開卷版選為十大好書。

1993 年　《西西卷》獲香港市政局主辦第二屆香港中文文學雙年獎小說獎。

1997 年　《時間的話題：對話集》(與何福仁合著)獲香港市政局主辦第四屆香港中文文學雙年獎文學評論推薦獎。

1997 年　獲香港藝術發展局第一屆文學獎之「創作獎」。

2005 年　獲《星洲日報》舉辦之「花蹤世界華文文學獎」。

2009 年　《我城》入選亞洲周刊舉辦之二十世紀全球華人中文小說一百強。

2011 年　獲選為香港貿易發展局主辦「香港書展」之年度作家。

《縫熊志》獲《新京報》、《濟南日報》、《南方都市報》選為年度好書。

《猿猴志》獲台灣《中國時報》「開卷版」選為年度好書。

2014 年　獲「全球華文文學星雲獎」第四屆之貢獻獎。

2019 年　獲美國紐曼華語文學獎。
獲瑞典蟬文學獎。

2022 年　獲香港藝術發展局終身成就獎。
《動物嘉年華》出版，其後獲香港出版學會主辦之第四屆香港出版雙年獎「最佳出版獎」（文學及小說）和「出版大獎」。

責任編輯：羅國洪
封面設計：張錦良

浮城 1.2.3——西西小說新析

編　　者：何福仁

出　　版：匯智出版有限公司
香港九龍尖沙咀赫德道2A首邦行8樓803室
電話：2390 0605　　傳真：2142 3161
網址：http://www.ip.com.hk

發　　行：聯合新零售（香港）有限公司
香港新界荃灣德士古道 220-248 號荃灣工業中心 16 樓
電話：2150 2100　　傳真：2407 3062

印　　刷：陽光印刷製本廠

版　　次：2025 年 7 月初版

國際書號：978-988-70507-9-7

本書曾於 2008 年由三聯書店（香港）有限公司出版，現獲編者授權，重新出版。